Coverillustration: Ryu Sugahara

Cocktail Kiss Label

八咫鴉さまと幸せ子育て暮らし

伊郷ルウ

Ruh Igoh

この物語はフィクションであり、実在の人物・
団体・事件等とは、いっさい関係ありません。

Contents

イラスト・すがはら竜

八咫鴉さまと幸せ子育て暮らし

第一章

八幡晃之介《やはたこうのすけ》が権禰宜《ごんねぎ》として働いている〈那波稲荷神社《ななみいなりじんじゃ》〉は、都心からほど近い閑静な住宅街の一角にひっそりと佇んでいた。

石造りの階段を上がって朱色の鳥居を潜ると長い石畳が続いていて、その先に大きく屋根を広げた本殿がある。

玉砂利が敷き詰められた広い境内には樹齢百年を超す悠々とした銀杏《いちょう》が何本もあり、紅葉の季節ともなると見事に黄金色の葉が厳かな神社に彩りを添えた。

「暖かくなってきたなぁ……」

竹箒《たけぼうき》で境内の掃除をしていた晃之介は、ふと手を休めて青空を仰ぎ見る。

小柄な身に纏《まと》っているのは白い着物と浅黄色の袴。

二十五歳の晃之介は権禰宜となって一年目であり、まだその姿は板に付いていないが、日々、真摯《しんし》に仕えている。

「うん？」

突如、聞こえてきた鳥の鳴き声に、正面にある大銀杏に目を凝らす。

神社の中でもっとも古くからある銀杏で、〈那波稲荷神社〉のご神木だ。

高さは二十メートルを超え、幹の太さは五メートル近い。

小柄な晃之介が頭を大きく後ろに倒さなければ、てっぺんを見ることができないほどの巨木だ。

ご神木は、〈那波稲荷神社〉の長男として生まれた晃之介にとって、幼いころから身近なものだった。

それは見事な枝振りなのだが、鳥たちが集うような光景をこれまで目にしたことがない。

境内で遊ぶ雀ですら、ご神木の枝に止まることはないのだ。

それは、神聖な樹木であることを鳥たちが理解しているかのようであった。

だからこそ、ご神木のてっぺん付近から鳴き声が聞こえてきたのが不思議なのだ。

「鴉《からす》っぽいけど……」

晃之介は訝《いぶか》しげに眉根を寄せつつ、耳を澄ます。

少し力ない感じではあるけれど、確かに「カァ、カァ」と聞こえた。

「どうして鴉が……」

本殿には稲荷神、そして、ご神木には紅《くれない》さまと呼ばれる八咫鴉《やたがらす》が祀《まつ》られているが、それは言い伝えであって実際に八咫鴉が存在するわけもない。

とはいえ、八咫鴉を祀るご神木から、鴉の鳴き声が聞こえたともなると気になる。

言い伝えによると、銀杏の大木に八咫鴉が住み着いたことで、数々の害を及ぼしてきた鴉の群れがいなくなり、神社を囲む一帯が鴉とは無縁の土地になった。

そうしたことから、八咫鴉は守り神となり、この銀杏は〈那波稲荷神社〉のご神木となったというのだ。

これまでまったく鴉が寄りつくことがなかったというのに、なぜ急に鳴き声が聞こえてきたのか。

解せない思いで見上げていると、大きく広げた銀杏の枝がわさわさと揺れだした。

「えっ？」

一心に見つめていた晃之介は、思わず目を瞠《みは》る。

ご神木のてっぺんから、なにかが落ちてきたのだ。

「なに？」

咄嗟《とっさ》に竹箒を放って駆け出す。

銀杏の葉であればひらひらと舞うはずだ。

落ちてくるのは黒い物体。

あきらかに葉とは異なる。

「なんだろう……」

ご神木の真下で足を止め、頭を反らして上空を凝視した。

次第に落下物が大きくなってくる。

黒い塊のように見えたけれど、翼らしきものがあった。

「うそっ……鴉……」

見上げたまま唖然とする。

落ちてくるのは、まぎれもない小さな鴉。

躯《からだ》全体が真っ黒で、嘴《くちばし》まで黒い。

「なんで？」

翼を広げているのに、飛ぶことなく真っ直ぐに落ちてくるのだ。

翼のある鴉が落ちてくる。

あきらかにおかしい。

でも、物のように落ちてくる鴉を放っておけるわけがない。

晃之介は咄嗟に両手を前に伸ばす。

上手く受け止められる自信などない。

それでも、助けたい一心で、鴉から目を逸らすことなく落下点を探りつつ小刻みに動く。

「ひゃっ……」

間もなくして、広げた掌《てのひら》にポトッと鴉が落ちてきた。

易々と両手に収まるくらい小さい。

「まだ雛だったんだぁ……」

姿形こそ鴉そのものだが、まだ羽がほわほわしている。

鴉をこれほど間近で見るのは初めてだ。

八咫鴉を祀る神社に生まれ育ったとはいえ、鴉の生態については詳しくない。

落ちてきた雛が、孵化《ふか》してどれほどの日が経っているかなど知る由もなかった。

ただ、羽ばたこうとすらしなかったことから、巣立つには早い段階にあるのだろう。

「どうして巣から落っこちちゃったんだい？」

ふんわりとした雛の頭を優しく撫《な》でながら、黒々としたまん丸の目を見つめる。

全身が真っ黒で嘴まで黒いのに、額の中央がほんの少しだけ白い。

まるで夜空に星がひとつだけ輝いているかのようだ。

「小さいなぁ……」

とにかく軽くて柔らかい。

トクン、トクンと伝わってくる小さな鼓動が愛おしく感じられる。

「ふふっ……」

掌にすっぽりと収まっている子鴉を、晃之介は慈しむように胸に抱く。

「鴉って可愛い目をしてるんだな」

鴉の雛に触れる機会などないから、つい興味を募らせてしまう。

くりっとした大きな黒い目を見ていたら、雛が手のひらの上で踏ん張り、広げた羽をパタパタと動かし始めた。

「もしかして飛ぶ練習をしてたの？」

話しかけた晃之介を、雛が小首を傾げて見返してくる。

なんとも可愛い仕草に頬を緩めつつ、ご神木を見上げた。

雛が落ちてきたのだから、あそこに巣があるのだろう。

ならば、親の鴉もいるはずだ。

「でも、普段は鴉の鳴き声なんて聞こえないし……」

鳴き声どころか、鴉の姿すら見かけていない。

どうして鴉の雛がご神木にいたのか、理解に苦しむばかりだ。

あり得ないことだけに不思議な気分だったが、もしご神木で生まれたのならば大切に扱わなければならない。

「さあ、飛んでごらん」

巣に帰してやろうと思った晃之介は、両の手を高く掲げて雛に飛ぶよう促す。

けれど、雛はじっとしたまま動かない。

「おウチに帰ろうね」

優しく声をかけつつ、手をさらに高く伸ばしてみたけれど、相変わらず雛は飛ぼうとしないばかりか、羽すら動かさなかった。

「ほーら、おウチは上だよー」

しきりに促してみたものの、雛の躯はまったく浮き上がらない。

「もしかして……」

巣から飛び立つ練習をしていたのではなく、なにかの拍子に巣から落ちてしまった可能性もある。

そうだとしたら、雛は自ら巣に戻ることはできないだろう。

「親鴉はどこにいるんだろう……」

晃之介は困り顔で、上空を見渡す。

親鴉であれば、子鴉を巣に連れ帰ってくれるだろう。

「もう……」

いくら見渡しても鴉の姿はない。

餌でも探しにいっているのだろうか。

「梯子《はしご》でも無理だしなぁ……」

雛を巣に戻してやりたくても、ご神木のてっぺんまで届くような梯子はない。

親鴉が帰ってくるのを待つしかなさそうだ。

とはいえ、雛を持って待っていられるほど暇ではなかった。

「一緒に社務所へ行こうね」

しばらく預かることにした晃之介は、雛を着物の袂《たもと》にそっと収め、放り出した竹箒を拾い上げて社務所に向かう。

神事を執り行う場合は、宮司である父親の手伝いをする。

けれど、それ以外は掃除と社務所の番をするのが権禰宜の仕事だ。

住宅街にひっそりと建つ〈那波稲荷神社〉は、ほんの数年前までは参拝に訪れる人の姿もまばらだった。

それが、最近では週末になると、御朱印やお守りを求めに来る人で賑わうようになった。

まだ若く、流行に敏感な晃之介の提案で、御朱印やお守りに狐を模した図柄を取り入れたところ、忽《たちま》ち女性たちのあいだで「可愛い」と評判になったのだ。

いわば狐のキャラクター人気にあやかったようなものだが、〈那波稲荷神社〉を知ってもらえるようになり、年末年始以外にも足を運んでもらえるのは有り難いことだった。

「居心地悪くないかい？」

おとなしい雛が気になり、袂の中を覗く。

布に覆われて安心したのか、雛は気持ちよさそうに丸くなっていた。

「よかった……なっ」

晃之介は安堵の笑みを浮かべたのも束の間、音もなく目の前に現れた人影にぎょっとして立ち止まる。

鳥居からはだいぶ距離があるというのに、まったく人の気配に気づかなかった。

いきなりの遭遇に甚《はなは》だ驚いたものの、参拝者に失礼があってはならない。

すぐに気を取り直し、急いで表情を取り繕《つくろ》う。

「こんにちは」

礼儀正しく頭を下げ、笑顔を向ける。

初めて目にする男性で、驚くほど背が高い。

「このへんで鴉の雛を見なかったか？」

男性は驚くほどぶっきらぼうな口調で訊ねてきた。

ずいぶん感じが悪いが、見た目は抜群にいい。

手足がすんなりと長く、顔立ちもすこぶる端整で、黒いシャツに黒い細身のパンツを合わせた姿は、まるで俳優かモデルのようだ。

「この子のことですか？」

晃之介は袂から鴉の雛をそっと取り出す。

はっきり鴉の雛と言われてしまったから、男性を訝しく思いつつも嘘がつけなかったのだ。

「ああ、よかった。その子、俺のだから返してくれ」

男性が雛に手を伸ばしてきたが、晃之介はにわかに信じられずにその手を避けた。

雛はご神木のてっぺんから落ちてきたのだ。

この男性が飼い主であるわけがない。

そもそも、鴉の雛を飼えるものだろうか。

なにより、この男性が鴉の雛を飼っているという証拠がなかった。

「早く返してくれないか？」

男性が険しい表情で迫ってくる。

「鴉の雛を飼われているんですか？」

「そうだよ、だからその子を返してくれ」

さらにずいっと迫ってきた男性が、改めて雛に手を伸ばしてきた。

どうあっても雛を手に入れたいようだ。

男性からは執着すら感じられる。

（なんか怪しい……）

不信感を募らせた晃之介は、雛を守るためそっと袂に戻した。

「この子、まだ飛べないんですけど？」

「だからなんだっていうんだ？」

声を荒らげた男性は、不機嫌さを隠そうともしない。

形のいい眉を吊り上げ、きつい視線を向けてくる。

「飛べないのにご神木の上から落ちてきたんですよ。あなたが飼っているというのなら、どうやってあの上まで行ったんでしょうね？」

「それは……」

あえて冷静に言った晃之介がご神木を仰ぎ見ると、さすがに男性も言葉を失ってしまったようで、苦々しい顔つきで見返してきた。

本当に雛を飼っているのであれば、男性はきちんと理由を説明できるはずだ。

口を閉ざしてしまったのは、彼が嘘をついているからに他ならない。

この男性に、雛を渡してはいけない。

関わらないのが一番だ。

「あなたの言うことは信じられませんので、この子をお渡しすることはできません。失礼します」

晃之介は冷ややかに言い放ち、雛を入れた袂を優しく抱え込むと、急ぎ足で社務所に向かった。

「でも、どうして雛のことを知ってたんだろう……」

疑念を抱きつつ、さりげなく男性を振り返る。

「えっ？　どこ？」

たいして歩いていないというのに、すでに男性の姿は消えていた。

「どういうこと？」

足を止めた晃之介は、呆然とあたりを見回す。

参拝者は鳥居を潜らなければ境内に出入りできない。

社務所の反対側になるとはいえ、鳥居まではかなりの距離がある。

仮に男性が全速力で走ったとしても、まだその姿は見えるはずなのだ。

それなのに、跡形もない。

まるで、その場からふっと消えてしまったかのようだった。

「どうなってんの？」

おかしなことばかりで、乾いた笑いがもれる。

あの男性は、なぜかご神木のてっぺんから落ちてきた雛のことを知っていた。

そればかりか、自分が飼っている雛だと言い張った。

充分すぎるほど妙な出来事だというのに、男性が跡形もなく姿を消してしまったのだから、狐につままれた気分だ。

「夢ってことはないだろうし……」

晃之介は肩を竦めつつ、鍵を開けて社務所に入った。

こぢんまりとした社務所の中は六畳の畳敷きになっていて、お守りを求めにくる参拝者の相手をできるようになっている。

お守りを並べている白木の台は奥行きがあり、御朱印を申し込む窓口にもなっていた。

平日は常に参拝者が訪れるわけでもないため、社務所に誰もいない場合はガラス戸を閉めて鍵を掛けてあり、外側に呼び鈴代わりの土鈴が置いてある。

「さてと……」

草履を脱いで畳に上がった晃之介は、奥の物置に空の段ボール箱を取りに行く。

雛をずっと袂に入れておくわけにはいかない。

とりあえず、気持ちよく過ごせる場所を用意してやりたかった。

「それにしても変な人だったよなぁ……」

姿を消した男性を思い出しては、首を捻ったり肩を竦めたりを繰り返す。

彼が口にした言葉のすべてが嘘くさい。

でも、雛の存在を知っていたことが、妙に引っかかっているのだ。

〈カァ……〉

なにかを訴えるように雛が鳴き始めた。

袂が揺れ動いたせいで、不安になったのかもしれない。

「ごめん、ごめん」

晃之介は雛に謝りながら、運んできた空の段ボール箱を畳に下ろして正座をする。

「ここなら安心だよ」

お守りが入っていた小振りの段ボール箱に乾いたタオルを敷き、袂から取り出した雛をそっと入れてやる。

まだ飛べないのだから、ある程度の深さがある段ボール箱から出ることはできないはずだ。

ご神木に戻ってきた親鴉は、雛がいないとわかれば大声で鳴くに違いない。

鴉の鳴き声が聞こえてきたら、雛を入れた段ボール箱をご神木まで運べばいいだろう。

きっと、親鴉が雛を巣まで連れ帰ってくれる。

「すみませーん」

ガラス戸越しに声をかけられ、晃之介は振り返った。

二人連れの若い女性が、笑顔でお守りを指さしている。

晃之介は笑顔でうなずき、お守りが直に見られるようにガラス戸を開けた。

「これこれ、可愛いでしょう？」

「ホントー」

若い女性が顔を見合わせ、嬉しそうに笑う。

「どれにする？」

「そうねぇ……」

家内安全、商売繁盛、健康祈願など、お守りの種類は豊富だ。

中でも女性に人気があるのは、二匹の狐が寄り添う絵柄が入った恋愛成就のお守りだ。

「これとこれをください」

「はい、ひとつ五百円のお納めでございます」

差し出された二つのお守りを受け取り、ひとつずつ白い紙の小袋に入れていく。

この小袋にも狐の絵柄が描かれていて、女性や子供に評判がよい。

「ようこそご参拝くださいました」

代金を受け取ってお守りを渡し、笑顔で女性たちを見送る。

平日の昼間から参拝者が訪れ、自ら手がけたお守りを手にして喜んでもらえるのだから、嬉しいかぎりだ。

宮司の子として生まれ、父の後を継ぐと決めて権禰宜になった晃之介は、ひとりでも多くの人が〈那波稲荷神社〉に足を運んでくれることを願っている。

「子供?」

不意に響いてきたはしゃぎ声に目を向けてみると、本殿の手前で幼い男の子がしゃがみ込んでいた。

どうやら玉砂利で熱心に遊んでいるようだ。

高く響く声はとても楽しそうで微笑ましいが、あたりに親らしき人の姿が見当たらない。

かつての境内は子供の遊び場で、晃之介もよく友だちと遊んだものだが、今はそうした光景もあまり見られなくなっている。

年末年始以外に子供連れで訪れる参拝者は少なく、平日などは皆無に近いのだ。

それだけに、ひとりで遊んでいる幼い子供が心配になる。

「まさか迷子とか……」

社務所から身を乗り出して境内を見渡してみたが、大人の姿は見当たらない。

居ても立ってもいられなくなり、あたふたとガラス戸を閉め、社務所を飛び出す。

「えっ？」

外に出た晃之介が目にしたのは、突如、姿を消した黒づくめのあの男性だ。

「またあの人だ……」

いったいどこから現れたのか。

社務所を出るまでにかかった時間はほんの数十秒。

それなのに、つい先ほどまで姿がなかった男性が、子供と一緒に境内にいるのだから驚く。

「変な人じゃなくて変質者だったのか？」

嘘をついた時点で、まったく男性のことを信用していない。

さっきは子供を連れていなかったのだから、よけいに怪しく感じられる。

男性に声をかけるより先に、警察に連絡をするべきかもしれない。

晃之介は懐に手を差し入れ、スマートフォンを取り出す。

「わーい、わーい」

「どうだ高いだろう？」

「おとーたま、たかーい！　おとーたま、もっとー」

境内に響いた子供の声に、一一〇番しようとしていた手をはたと止める。

「おとーたまって……お父さま？」

改めて男性と子供に目を凝らす。

舌っ足らずではあったけれど、子供は「お父さま」と言ったように聞こえた。

見ず知らずの相手に対して、いくらなんでも幼い子がそんな呼び方をするわけがない。

「まさか、あの人の子供？」

にわかには信じがたかったけれど、とりあえずスマートフォンを懐に戻し、その場からしばらく様子を窺うことにした。

もし彼らが本当の親子だとしたら、早まって警察沙汰にすれば大変なことになる。

子供は二歳か三歳といったところだろうか。

艶やかな黒髪は短く、クリッとした大きな瞳がなんとも愛らしい。

パジャマのような黄色いスエットの上下が、幼い子の愛らしさを際だたせている。

男性が両手で頭上高く持ち上げていた子を地面に下ろしたとたん、小さな身体がよろけてしまう。

「あっ！」

晃之介は思わず声を上げてしまった。

「しまった……」

男性がすぐに子供の手を握り取って大事には至らなかったようだが、晃之介の大きな声に彼らがこちらを振り返ってくる。

「どうしよう……」

ばつが悪い晃之介は、頬を引きつらせた。

「おとーたま、だーれ？」

子供が興味津々といった顔つきで、真っ直ぐに指をさしてきた。

幼い子には袴姿が珍しかったのかもしれない。

「あの人はこの神社の権禰宜さんだよ」

その場にしゃがみ込んだ男性が、子供と目線を合わせて教える。

子供に向ける瞳は優しく、先ほどの印象の悪さなど微塵《みじん》もない。

父親らしい振る舞いに、変質者ではないかと疑ってしまったことを申し訳なく思う。

と同時に、「権禰宜」と正しく説明したことに驚いた。

神社に仕える者は総じて神主と呼ばれてしまいがちだが、神職には職階というものがあり、神社の長を務めるのが宮司である。

権禰宜は職階の下位であり、晃之介が身に着けている浅黄色の袴は、階級を現す色なのだ。

神職に詳しい者であれば袴の色を見て職階がわかるが、一般的にはあまり知られていない。

人を見た目で判断するのは間違ったことだが、男性は熱心に神社に参拝するようなタイプには見えない。

それだけに、彼の口から「権禰宜」という言葉が出たことに対する驚きは大きかった。

「ごんねぎー？」

「そう、神さまにお仕えしているんだよ」

きょとんとしている子供を、男性が目を細めて見つめる。

表情ばかりか、声の響きまでが優しい。

子供を愛しく思っているのが、その笑みと声から伝わってきた。

少し話をしてみようかと思い、晃之介は彼らに歩み寄る。

「ご近所にお住まいなのですか？」

これまで見かけたことがなかったのは、引っ越してきたばかりだからかもしれない。

愛想よくしたつもりだったが、男性は口を開くことなく、しゃがんだまま真っ直ぐに見上げてきた。

強く輝く黒い瞳に、思わず後じさってしまう。

自分でもどうしてかわからない。

瞳から放たれる強い力に押されたような感じだった。

「おなかすいたー」

「じゃあ、帰ってごはんにしよう」

男性が子供をひょいと抱き上げ、その場に立ち上がる。

「お参りして帰らせてもらうよ」

「あっ……」

向けられた柔らかな笑みになぜか返す言葉を失い、晃之介は黙って一礼した。

「ばいばーい」

男性に抱かれた子供が、満面の笑みで無邪気に手を振ってくる。

「ばいばい」

気を取り直して笑顔で手を振り返し、本殿に向かう彼らをひとしきり見つめてから社務所へと戻った。

「人懐っこくて可愛い子だったなぁ……」

天真爛漫《てんしんらんまん》な愛らしい笑顔を思い出し、自然と顔が綻《ほころ》ぶ。

可愛い盛りなのだろう。

親子と接していたのはほんの短い時間でしかなかったが、我が子に接する男性からは愛が溢れていた。

ほのぼのとした光景を目にしたことで、最悪だった第一印象が見事に覆されてしまった。

「そういえば……」

社務所のドアを開けたところで、晃之介はふと足を止める。

男性は鴉の雛について、まったく口にしなかった。

嘘をついてまで、鴉の雛を手に入れようとしたというのに、もう諦めたのだろうか。

「あの子が飼いたいって言ったのかなぁ……」

子供から鳥を飼いたいとせがまれたのかもしれない。

とはいえ、ペットになる可愛い鳥はたくさんいるのだから、なにも鴉の雛を選ばなくてもといった思いがある。

「でも雛のこと……」

雛の存在を知っていたのが、そもそもおかしいのだ。

子煩悩な父親のようではあるが、やはり理解しがたいところがあって疑念が残った。

「あれ？」

社務所に入って真っ先に段ボール箱を覗き込んだ晃之介は、慌ててあたりを見回す。

段ボール箱の中にいるはずの雛がいないのだ。

「どこにいるの？」

社務所の中をくまなく探して回ったが、雛の姿は見当たらない。

「まさか」

自分が社務所を出ているあいだにあの男性が忍び込み、こっそり雛を連れ去ったのかも知れないと、そんな考えが脳裏を過《よぎ》る。

だから再度、顔を合わせたときに、あえて雛について触れてこなかったのではないか。

「でも、雛を隠せるような服じゃなかったし……」

晃之介はあり得ないと首を横に振り、自らの考えを打ち消す。

雛は小さいけれど、シャツやパンツのポケットに隠すのはとうてい不可能だ。

ならば、いったい雛はどこに消えたのか。

まだ飛べないとはいえ、歩くことはできるだろう。

ただ、ドアもガラス戸も閉まった状態で外に出られるわけがない。

「おかしいよなぁ……」

忽然《こつぜん》と姿を消してしまったことに納得がいかない。

それでも、雛がいないのだから現実を受け入れるしかない。

二度までも狐につままれた気分に陥った晃之介は、解せない思いで空の段ボール箱を見つめていた。

＊＊＊＊＊

晃之介は両親と三人で夕食の席についていた。

街中にある〈那波稲荷神社〉を家族三人で守る八幡家では、朝晩の食事はいつも揃ってとる。八畳の和室に置いた大きな座卓を囲む食事は、祖父母が健在のころから賑やかで、三人になってしまったいまもそれは変わらない。

父の壱之介《いちのすけ》も母の千鶴子《ちづこ》もお喋りで、テレビなどつけていなくても話題に事欠くことはなかった。

「ご神木から鴉の雛が落ちてきたって本当か？」

晃之介が食事の途中でなにげなく聞かせた話に、壱之介が驚きの声をあげて目を丸くした。

「嘴まで真っ黒だったたし、小さいなりにカァカァって鳴いてたから鴉の雛だと思うけど」

箸を持つ手を休めて答えた晃之介は、軽く肩をすくめて父親を見返す。

「ついに鴉が姿を見せたか……」

壱之介が神妙な面持ちで千鶴子と顔を見合わせる。

なにか深刻な事態なのだろうかと、晃之介はにわかに不安を募らせた。

「どうかしたの？」

「ご神木に鴉が住み着いたときが、紅さまの力が尽きたときだと言われているんだ」

壱之介が大きなため息をもらす。

ご神木にはさまざまな言い伝えがあり、祖父母や両親からあれこれ聞かされてきたけれど、今の話は初耳だった。

「紅さまの力が尽きたらどうなるの？」

晃之介は興味津々の顔で父親を見つめる。

ご神木に住み着いた八咫鴉は、嘴が赤かったことから紅さまと呼ばれるようになった。

人の姿になることもできると言われていて、遠い昔の人々は尊い神として崇めてきたのだ。

その姿を目にした者は運気が上がるとも言われ、かつてはご神木参りが盛んに行われていたらしい。

そうした風習も次第に廃《すた》れていき、いまではご神木のいわれを知る人も少なくなっているが、〈那波稲荷神社〉の守り神であることに変わりはない。

その紅さまの力が尽きてしまったら、いったい神社はどうなってしまうのか。

いずれ宮司になるつもりだから、やはりそれは気になるところだった。

「いろいろ言い伝えはあるが、じいちゃんは神社が悪い気に包まれ廃れてしまうという伝説を信じていたな」

「父さんもそれを信じているの？」

「まあ、よくないことが起こるような気はしている」

壱之介が苦々しい顔つきで肩を落とした。

何百年にもわたって続いてきた由緒ある〈那波稲荷神社〉が、自分の代で潰れるようなことがあってはならない。

宮司となった壱之介がそう考える気持ちは、父親の後を継ぐ決心を固めているからこそ理解できる。

とはいえ、晃之介は現代っ子ゆえ、受け継がれてきた言い伝えのすべてを信じているわけではない。

「たまたまご神木に巣を作っちゃっただけかもしれないし、そこまで深刻にならなくてもいいんじゃない？」

「何百年もなかったことなのに、たまたまなんてあるかしら？」

「なにも起こらなければいいんだが……」

晃之介は深く考えていないのだが、父親と母親は鴉の出現を懸念しているようだ。

確かに今年に限って鴉が巣を作るのは妙だと言える。

それでも、鴉が大群で押し寄せてきたわけでもなく、親鴉の存在すら確認できていない。

そもそも、自分の手で保護したはずの雛が消えてしまったのだ。

改めて考えてみると、ご神木に巣があることを確認したわけではない。

たまたま親鴉が子鴉を運んでいる際、ご神木の上空で落としてしまった可能性もある。

鴉がご神木に住み着いているとは言い切れないのだ。

(それにしても、あの雛、どこにいっちゃったんだろう……)

神社の今後をしきりに心配している両親をよそに、晃之介は忽然と消えてしまった雛のことを思いながら再び夕飯を食べ始めていた。

第二章

晃之介は白い着物に浅黄色の袴を纏い、いつものように竹箒で境内の掃除をしていた。

それこそ、社務所に用がなければずっと竹箒を手に境内を清めている。

友人たちからは楽な仕事でいいなと冷やかされることもあるが、境内を掃除することには大きな意義があった。

境内を美しく保つことで、参拝者が清らかな気持ちでお参りできる。

そのために掃除は欠かせないのだ。

「巣に戻れたのかなぁ……」

保護した雛が消えてから三日が過ぎた。

隙間に入り込んでしまったのかもしれないと、改めて社務所の中をくまなく捜索もしたし、敷地内も掃除をしながら目を凝らしているが、見つけることができないでいる。

「なにかの拍子に飛べるようになったのかもしれないし……」

どこにもいないのだから、きっと巣に戻ったのだろう。

そう思ってご神木を幾度となく見上げてきたけれど、鳴き声すら聞こえてこない。

やはり、ご神木に鴉の巣があるわけではないのかもしれない。

「親鴉の姿も見えないのがなぁ……」

ご神木に巣がないとは言い切れないだけに、やはり雛が気になってしまう。

鴉が姿を見せないのは、神社にとってはよいことだ。

ただ、もしご神木に巣があるなら、雛が無事かどうか知りたい。

「あっ！」

上空から微かに聞こえてきた鳴き声に、晃之介はハッとした顔でご神木を見上げる。

ほんのわずかだが、枝や葉が動いているようだ。

風に吹かれての動きとは違う。

あそこになにかがいるのかもしれない。

「親鴉がいるのかな？」

期待に胸を膨らませてご神木を仰ぎ見ていると、小さな黒い塊が見え隠れした。

目一杯、背伸びをして目を凝らす。

「雛……雛だ!」

親鴉ならば、もっと大きいにきまっている。

鴉の雛に間違いない。

親鴉は見ていないから、雛は自力で巣に戻ったのだろう。

「あっ、でも……」

ご神木の巣で孵化した雛が一羽とはかぎらない。

保護した雛であれば額に白い点があるはず。

けれど、あまりにも遠くて確認のしようがなかった。

「飛べるようになったならこっちに来るかも」

試しに天を仰いだまま片手を高く掲げる。

「おいで、こっちにおいで」

誘うように手を振ってみると、雛が小さな声で〈カァ〉とひと鳴きした。

こちらに気づいたようだと思い、さら呼びかける。

「おいで」

雛の気を引くため、箒を地面に置いて軽く手を打ち鳴らしてみた。

〈カーッ〉

またひと声をあげた雛が枝の隙間から飛び出す。

「やったー！」

喜んだのもつかの間、雛は羽を広げることなく、そのまま真っ直ぐに落ちてきた。

「えっ？　なんで？」

雛は飛べるものだと思っていたから、晃之介はおおいに慌てる。

まったく羽ばたく気配がない雛の真下まで、急いで駆けていく。

先日よりも落下速度が速い。

とても間に合いそうにない。

このままでは、雛が地面に叩きつけられてしまう。

なりふり構わず走った晃之介は、一か八か両手を前に伸ばして地面を蹴った。

「えいっ！」

投げ出した身体が宙に浮き、数拍ののちにどすんと腹から落ちる。

掌にぽわぽわとした柔らかいものをハッキリと感じたが、それもほんの一瞬のことでしかなかった。

手から零れ落ちてしまったのかもしれない。

腹をしたたかに打ちつけてしまった痛みに耐えながらも、雛のことが心配でのそのそと起き上がる。

「うわ――――っ！」

身体を起こした晃之介は、あり得ないものを目にして腰を抜かして尻餅をつく。

身を投げ出して受け止めたのは雛のはず。

それなのに、そこにいるのは雛ではなく、見覚えのある幼い男の子。

きょとんと目を瞠ってこちらを見ている。

いったいなにが起きたのか。

目を疑う光景に言葉が出ず、ただ口をパクパクさせる。

「晃之介！」

上空で声が響き、続いてバサバサと羽ばたく音が聞こえてきた。

なにごとかと尻餅をついたまま見上げた先には、翼を広げた巨大な鴉。

この世のものとは思えない、人間に翼が生えたかのような大きさの鴉に、晃之介は息を呑んで目を丸くする。

「一緒に来い」

短く命じてきたのは鴉なのに、耳に届いたのは紛れもない人間の言葉。

それをなぜと思う間もなく、急降下してきた巨大な鴉に覆い被さられ、そばにいた子供とともに翼で抱え込まれる。

鴉の胸に顔が押しつけられ、暗闇の中に放り込まれたかのようになにも見えない。

「……っ」

自分よりも大きな鴉に捕らわれた恐怖に、声を出すことも抵抗もできなかった。

これは現実なのか。

この巨大な鴉に取って喰われてしまうのか。

あまりの恐怖に意識が飛びそうになる。

「はっ……」

ふっと身体が自由になったのを感じた晃之介は反射的に飛び退き、さらに後じさった。

「ここ……ど……どこ……」

目に飛び込んできたのは見知らぬ豪勢な造りの部屋と、境内で見た幼い男の子。

そして、翼を閉じた巨大な鴉だ。
「怖がるな、ここはご神木の上にある俺が暮らしている神殿だ」
人間の言葉を喋ったかと思うと、鴉がその姿を一瞬にして変えた。
「いっ……」
卒倒しそうなほどの衝撃に、またしても晃之介は腰を抜かす。
顔面蒼白になり、へなへなとその場にへたり込んだ。
なんと巨大な鴉が人間に変身したのだ。
その姿は紛れもなく境内で会ったあの男性そのもの。
けれど、様相がかなり違っていた。
均整の取れた長身に纏っているのは袍《ほう》に指貫《さしぬき》。
宮司が神事の際に纏う正装と同じだが、袍は目も眩《くら》むほどの煌《きら》びやかさだった。
そのうえ、肩の向こうに翼が見えている。
艶やかな黒い翼は、先ほど晃之介が抱かれたものと同じ鴉のものだ。
雅な衣装を纏った人間でありながら、鴉の翼を持っている。
この世のものであるわけがない。

鴉から人間に変わる瞬間を、この目で確かに見た。

意識がしっかりしている自覚はある。

それでも、夢の中にいるとしか思えない。

世の中には理解の域を超えた出来事が多々ある。

言葉で説明できない摩訶不思議な事例が山ほどある。

そうわかっていても信じることができない。

いや、本来あってはならないことだから晃之介は信じたくないのだ。

「驚かせてすまなかった。俺はご神木に祀られている八咫鴉の紅だ」

優雅に片膝を立てて床に腰を下ろした彼が、そばにいる子供を手招きして自分の脚に座らせた。

「この子は俺の子で暁月《あかつき》。晃之介が助けてくれた雛だ」

静かな口調で説明した彼を、ポカンと口を開けたまま見つめる。

紅は人の姿になることができると伝えられていたが、人に化ける狐と同じで作り話だと思っていた。

〈那波稲荷神社〉に残る言い伝えは、すべて本当だったというのか。

それとも、父親から紅の話を聞いたから、こんな現実離れをした夢を見ているのか。

こんなにも頭が混乱したのは初めてだ。

「く……紅さまがご神木に祀られたのって何百年も前のこと……いくらなんでも、そ……そんなに長く生きられるわけが……」

紅を凝視したまま、晃之介は独り言をつぶやく。

夢にしては映像も声もはっきりしすぎている。

これほど鮮明な夢は見たことがない。

「で、でも……」

現実なのか夢なのか、混乱はどんどん大きくなるばかりだ。

「俺はもう五百年近く、このご神木の守り神として生きている。代々の宮司が生まれ、その命をまっとうしていくのをここから見てきた。もちろん、今の宮司になり、やっと授かったおまえが、未熟児で生まれながらも、すくすくと育っていく姿もだ」

真っ直ぐに見つめてくる黒々とした力強い瞳を、探るような面持ちで見返す。

晃之介が未熟児で生まれたことを知っているのは、ごく近い身内にかぎられる。

たったそれだけのことで紅だと信じるのは早計かもしれないが、話を聞いてみる価値はありそうに思えてきた。

「あ……あの……紅さまは生涯、子をもうけないと聞いてるけど？」

祖父から聞かされた話をふと思い出した晃之介は、彼の膝で大人しくしている暁月に視線を移す。

「ああそうだ。生涯、番《つがい》になることなく守り神でいることが俺の役目だ」

「それなら……」

「俺はこの子の実の親ではない。数ヶ月ほど前、どこからかやってきた見知らぬ雌の鴉が勝手に卵を産み落として姿を消してしまったのだ」

「卵はひとつだけ？」

「そうだ。迷惑な話だが、卵を捨てるのが忍びなくて俺が温めてやった」

苦笑いを浮かべた彼が、愛しげに暁月を見つめる。

雄なのに卵を温めたなんて、なんだか微笑ましい。

自分の子ではなくても、自分が孵化させたから愛情が湧いてきたのだろうか。

まだまだ紅のことは知らないことばかりだが、彼を怖がる必要はない気がしてきた。

「卵から孵《かえ》ったはいいが、雛を育てたことなどないから戸惑うばかりで、いっそ人の姿のほうが育てやすいかもしれないと変身させたのだ」

「そんなことができるんだ？」

思わず興味を示してしまった。

それに、紅を見ているともっと話を聞きたくなってくる。

妙な外見とは裏腹に、真面目な顔をしているからだろうか。

「ああ、俺には特別な力があるからな」

彼は大きくうなずいたけれど、得意げな顔をすることはなかった。

神はみな特別な力を持っている。

紅はご神木に祀られ、神として崇められてきた。

彼が本当に紅ならば、そうした力があったとしても不思議ではない。

「それで、俺の都合で昼間だけ人の姿にしていたのに、興奮したり驚いたりした拍子に変身するようになってしまったんだ。そのうえ、育つにつれて勝手に動き回るようになって手に負えなくなってる」

そう言って小さく笑うと、暁月の頭を優しく撫でた。

静かに言葉を紡いでいく彼は、嘘をついているようにも冗談を言っているようにも感じられない。

そればかりか、人の姿でありながら翼を持つ彼はあきらかに異様ではあるが、その言葉は自分でも驚くほどすんなりと心に届いてきた。

「子育てをやめたいってこと？」

「そうじゃない。俺は責任を持って暁月を育てたいんだ。ただ、ちょっと目を離すと神殿を抜け出してご神木から飛び降りたりしてね」

ほとほと困り果てているのか、紅が力なく肩を落として首を左右に振る。

「あのとき雛が落ちてきたのも、そのせいだったのか……」

話を聞いて納得できた晃之介は、彼が神社の守り神である紅だということに疑いを持たなくなっていた。

こんな作り話を咄嗟にできるわけがない。

これは夢などではなく、自分の目で見て、耳で聞いたことを信じるべきなのだ。

「何度も迷惑をかけてすまなかった。もう二度と暁月が神殿から抜け出さないように注意するから、晃之介が目にしたことは黙っていてほしい」

紅の神妙な面持ちを見れば、切実な願いだとわかる。

五百年もの長いあいだ、彼はその姿を隠して生きてきた。

自分が口を閉ざしていれば、紅はこれまでどおりご神木の守り神として生きていける。

紅には、これからも〈那波稲荷神社〉の守り神でいてほしい。

「もちろん誰にも言わないよ。それに、話したところで誰も信じてくれないにきまってる」

口外しないと約束した晃之介が笑うと、紅が安堵の笑みを浮かべた。

「感謝する」

「感謝だなんて……」

言葉半ばで目の前が大きく揺らぎ、目に見えないなにかにグッと身体を引っ張られた。

息が詰まるような感覚に、全身が強張る。

「く……苦しい……」

無意識に胸を掻《か》きむしったそのとき、ふっと脱力した。

「はぁ……」

息苦しさが消えている。

大きく深呼吸をし、胸を撫で下ろす。

「えっ？　ここって……」

気がつけば境内の中央にポツンと立っていた。

つい先ほどまでご神木の上にある神殿にいたというのに、なにごともなかったように境内にいるのだから驚く。

「これって瞬間移動？」

すごい経験をしてしまった。

でも、今日の出来事は自分の胸にしまっておかなければならない。

「紅さま……」

思わずご神木を仰ぎ見る。

あのてっぺんに神殿があり、そこで紅と暁月が暮らしているなんて、いったい誰が信じるだろうか。

最初はさすがに彼が怖かったけれど、いまは不思議なことに親近感を覚えている。

五百年もひとりで生きてきて、いきなり子育てを始めたのだから、苦労するのもしかたない。

「大丈夫なのかなぁ……」

紅は二度と暁月を外に出さないようにすると言っていた。

人に知られてはいけないことだから、神殿に閉じ込めておくしかない。

でも、暁月はやんちゃなだけに、そんなことができるかどうかちょっと心配だ。

「紅さま、頑張って！　暁月君、いい子にしててね」

彼らが暮らす神殿にはもう行くことができないのだから、地上から応援するしかない。

ご神木に手を合わせ、彼らの幸せを祈る。

「暁月君が大きくなったときに、また会えるといいな……」

育った暁月を見てみたい。

そう思うと同時に、もう少し紅と話をしたかったなとも思う。

「でも、無理か……」

紅はご神木に祀られた守り神であり、下界とは距離を置いて生きていくべきなのだ。

今日が最初で最後と諦めた晃之介は先ほど放り出した竹箒を拾い、〈那波稲荷神社〉を訪れる参拝者のために、改めて境内の掃除を始めていた。

第三章

不思議な体験をしてからというもの、晃之介は紅と暁月が気になってしかたなかった。

ご神木のどこかに存在する神殿で、ひっそりと暮らしている彼らを邪魔してはいけない。

そうとわかっていても、やはり初めての子育てに奔走している紅を思うと心配になってしまうのだ。

「もう一週間かぁ……」

紅と約束を交わして地上に戻してもらってからは、一度も彼らの姿を見ていない。

元気な暁月が、紅の言うことを聞いておとなしくしているということか。

それとも、紅が四六時中、暁月から目を離さずにいるのか。

「うーん、やっぱり気になる……」

境内の掃除は権禰宜の務めと、竹箒で丹念に石畳を掃きながらも、気がつけばご神木を仰ぎ見てしまう。

「あっ……」

上空を舞う鴉にハッと息を呑む。

あきらかに神社の上を旋回している。

「紅さま……じゃない……」

目を凝らしてみると、翼を広げていてもさして大きくない。

紅でないことは遠目からでもわかる。

「暁月君？」

あの小さかった暁月が、飛べるようになったのだろうか。

一瞬、そんなことも思ったけれど、たったの一週間でそこまで成長するとは思えなかった。

「どこから来たんだろう……」

上空の鴉が気になり、竹箒を持つ手がすっかり止まってしまう。

ずっとご神木の真上を旋回している鴉が、大きな声で鳴き始めた。

このあたりでは鴉を見ること自体が珍しい。

その鴉がいっこうに飛び去る気配がない。

晃之介は漠然とながらも胸騒ぎを覚える。

「あれっ？　もう一羽いる？」

姿が見えている鴉の鳴き声とは別の鳴き声が聞こえてきた。

あとから聞こえてきた鳴き声は、まるで応戦するかのように荒々しい。

鴉の鳴き声が、どんどん激しくなっていく。

けれど、鴉は一羽しか飛んでいない。

「まさか、紅さま……」

晃之介はご神木を見上げたまま、耳をことさら澄ます。

「やっぱり、そうだ」

もう一羽の鳴き声はご神木の内側から発せられている。

どこからかやってきた鴉を、紅が追い払おうとしているのかもしれない。

「うわっ……」

驚きの光景に息を呑む。

上空を旋回していた鴉が、ものすごい勢いでご神木に突っ込んでいったのだ。

晃之介は不安な面持ちでご神木を見つめる。

突っ込んでいった鴉の動きは、まるで獲物に狙いを定めたかのような素早さだった。

ご神木のてっぺんには暁月がいる。

「暁月君……」

雛が襲われたのではないだろうかと、見上げることしかできない晃之介は気が気でない。

「カア、カア」

鴉の鳴き声がどんどん大きくなっていく。

ご神木の枝葉が、バサバサと大きく揺れ動く。

突っ込んでいった鴉と紅が争っているようだ。

飛ぶことすらままならない暁月は、どこでどうしているのだろう。

紅のことだからしっかりと暁月を守っているとは思うが、状況がわからないだけに不安ばかりが募っていく。

「晃之介！　暁月を頼んだ」

不意に上空から聞こえてきた大声に驚き、晃之介はパッと目を瞠る。

「えっ……」

次の瞬間、広げた小さな翼を必死に動かす鴉の雛が、ご神木からふわふわと風に乗って落ちてきた。
紅はまったく姿を見せなかったけれど、晃之介の存在を察知しているようだ。
これも特別な力によるものなのか。
「暁月君……」
咄嗟に竹箒を放り出し、ご神木の真下に駆け寄って行く。
多少は浮力を得られるようになったのか、暁月は緩やかな速度で落ちてくる。
とはいえ、飛んでいるというにはほど遠く、そのまま着地できるかどうかは怪しい。
しっかり受け止めてやらなければ、そのまま地面に叩きつけられてしまう。
両手を前に伸ばし、必死の形相で落ちてくる雛を凝視する。
そのあいだも、ご神木の枝葉は激しく揺れ動いていた。
二羽の鳴き声もけたたましいほどに響いている。
余所者《よそもの》の鴉と戦っている紅は、幼い暁月の身を案じて晃之介に委ねてきたのだ。
信頼してくれていると思うと嬉しい。
と同時に、紅の思いを受け止め、自分がしっかりと暁月を守らなければと思った。
「暁月君！」

風に流されながらも、広げた両手に暁月がポトッと落ちてきた。

「あっ……」

無事に受け止められたと安堵したのも束の間、盛り上がっているご神木の太い根に躓《つまず》き、晃之介の身体が大きく揺らぐ。

「あわわ……」

慌てて暁月をギュッと抱き込み、どうにか体勢を立て直す。

「えっ？」

腕の中が一気に重くなった。

ずっしりとした重みに唖然とする。

「あ……暁月君……」

なんと雛の姿で受け止めた暁月が、子供の姿に変わっていたのだ。

高いところから落ちたことに驚き、勝手に変身してしまったようだ。

紅から話を聞いているから、以前のような驚きはなかった。

教わっていなかったら、驚きのあまり暁月を放り出していたかもしれない。

「大丈夫？　怪我してない？」

暁月をそっと地面に立たせた晃之介は、すぐさまその場にしゃがみ込む。

「ふぇ……えーん、えーん」

黒々とした大きな瞳から急に涙が溢れ出す。

なきじゃくる暁月を前に、どうしたことかとにわかに慌てる。

「どこか痛いの？」

ポロポロと涙を流す暁月に優しく問いかけながら、怪我でもしているのではないだろうかと小さな身体のあちらこちらを見ていく。

「ふぇっ、ふぇっ……」

暁月はいっこうに泣き止まない。

小さな手で目を擦りながら、しきりに泣きじゃくった。

「あっ、血が……」

暁月が穿《は》いているスエットの膝に血が滲《にじ》んでいる。

ご神木を飛び出したとき、枝にでも引っかけたのだろう。

「暁月君、ちょっと見せてね」

スエットをそっと膝上までまくってみると、やはり怪我をしていた。

すぐにでも手当をしてやりたいところだが、上空の騒ぎも気になる。

泣きじゃくる暁月と上空を、晃之介は困り顔で交互に見やった。

鴉の姿をした紅はかなり強そうに見えた。

けれど、紅が戦っている相手が誰だかわからないため、不安が拭いきれないでいる。

「晃之介、どうしたの？」

背後から聞こえてきた母親の声に肩がピクリと震える。

暁月の泣き声を耳にして、外にでてきたのだろうか。

鳴き続ける鴉と怪我をした子供。

いったいどう説明をすればいいのだろうかと、急いで考えを巡らせた。

「えっ？　あの……」

体《てい》のいい理由も浮かばないまま、なんとか平静を取り繕って立ち上がる。

「見かけない子ね？」

訝しげに眉根を寄せた千鶴子が、泣いている暁月を見つめた。

上手い言い訳が思いつかない。

どうすれば、母親を納得させられるだろうか。

「怪我をしているみたいだけど、親御さんはいらっしゃらないの？」

「さ……最近、よくお父さんとお参りに来てくれてて……で、あの……お父さんはちょっと用があって、それで少しのあいだ一緒に遊んでいたらそこで転んじゃって……」

母親に嘘をつくのは忍びなかったけれど、事実を伝えるわけにいかない晃之介は、思いついた言葉を並べ立てた。

「こんな小さな子を預けていくなんて……」

千鶴子の表情がますます険しくなる。

思いつきの言い訳など、母親には通用しなかったようだ。

「そんなことより怪我の手当を先にしないと……」

嘘をつき続けるしかない晃之介は、暁月をそっと抱き上げて社務所に向かう。

千鶴子がどんな顔をしているか気になるが、振り向かずに歩いた。

本当はご神木のそばを離れたくなかったけれど、特別な力がある紅であれば別の場所に移動しても問題ないだろう。

とにかく暁月の傷の手当てをするのが先だ。

「ふぇっ……ふぇっ……」

「暁月君、大丈夫だよ、すぐに痛いの飛んでいくからねー」

泣き止まない暁月をあやしながら社務所に入り、草履を脱いで畳に上がる。

怪我をしているといっても、血が滲む程度の擦り傷だ。

消毒をして絆創膏を貼ればいいだろう。

「暁月君、ここでお座りしててね」

畳に下ろした暁月に言い聞かせ、晃之介は救急箱を用意して手洗いに向かう。

「晃之介、警察に連絡したほうがいいんじゃないの？」

遅れて社務所に入ってきた母親の言葉に、焦りを覚えて急いで戻った。

「なんで警察に？」

「いくら用があるからって、小さな子を神社に預けて行くなんて非常識すぎるわよ」

千鶴子はあきらかに怒っている。

母親の言うことはもっともだし、子供が暁月でなければ自分も警察に迷子の届けを出していただろう。

けれど、今回ばかりは警察など呼ばれたらとんでもないことになってしまう。

社務所の出入り口に立っている母親を、晃之介は怪訝《けげん》な顔で見返す。

「なんか疑っているの？」

「疑いたくもなるでしょ」

「心配しすぎだよ、お父さんはすぐに戻ってくるから」

警察に電話させないよう母親を言いくるめつつ、消毒液を浸した脱脂綿で暁月の膝を軽く押さえる。

「いちゃーい」

消毒液が浸みたのか、膝を抱え込んだ暁月が大きな瞳で睨《にら》んできた。

暁月は怪我の手当などされたことがないのかもしれない。

痛いことをする酷い人間だと思われただろうか。

暁月はもう触らせないとでもいうように、小さな手で膝を抱えている。

「暁月君、お膝を綺麗にしないと痛いの飛んでいってくれないよ」

あまり幼い子を相手にした経験がなく、どうやって宥《なだ》めたものかと迷ってしまう。

「なにやってるのよ、こういうことは手早くやらなきゃだめでしょ」

おろおろする晃之介を見かねたのか、千鶴子が畳に上がってきた。

さっさと晃之介から脱脂綿を取り上げ、暁月の前に膝をつく。

「僕、いい子だからちょっと我慢しようねぇ」

千鶴子は優しく声をかけながらも、暁月が抱え込んでいる膝を半ば無理やり脱脂綿で拭いていく。

強引なやり方に驚いたのか、目を丸くした暁月は抵抗しないばかりか泣き止んでいる。

まさに母は強し。

そういえば、幼いころに怪我をして帰ると、泣こうが喚《わめ》こうが傷口を水で洗われ、絆創膏を貼られたことを思い出す。

「いい子ねぇ、ほーら、もう終わった」

傷口の消毒を終えて絆創膏を貼った千鶴子が、きょとんとしている暁月の頭をポンポンと軽く叩く。

「痛くないでしょう?」

千鶴子の問いかけに、暁月がコクリとうなずき返した。

いつの間にか涙もすっかり乾き、痛みなど忘れたような顔をしている。

こんなにも早くけろっとしてしまうことに驚くと同時に、可愛らしい暁月を泣き止ませてくれた母親に感謝した。

「僕、お名前はなんていうの？」

「あかつきー」

「幾つ？」

元気よく答えた暁月が、千鶴子のさらなる問いに指を二本立てて見せる。

「ふたつー」

「そう、二つなの」

暁月の可愛い仕草に、千鶴子が頬を緩めた。

警察に連絡すると言ったことは、忘れてくれたのだろうか。

そう願っているところで社務所のドアがノックされた。

「はーい」

晃之介が返事をすると同時にドアが開き、紅が顔を覗かせる。

「すみません、お世話になりました」

黒いシャツとパンツで格好よく決めた紅が、馬鹿丁寧に頭を下げた。

彼らしくない態度を取ったのは、千鶴子に気づいたからだろうと容易に想像がつく。

「おとーたまー」

嬉しそうな声を響かせて立ち上がった暁月が、紅に駆け寄って行った。

怪我をしたとは思えない元気な様子に、晃之介は胸を撫で下ろす。

けれど、これで一件落着とはいきそうになかった。

千鶴子が畳に座ったまま、スッと紅に向き直ったのだ。

「あなたが暁月君のお父さま？」

「はい」

「まだ二歳の子を人に預けてどこかに行ってしまうなんて、いったいどういうつもりなんですか？」

千鶴子の厳しい口調に、紅の表情がわずかに強張る。

「急用だったんだからしかたないよ。ちゃんと戻ってきたんだから問題ないでしょ」

このままではまずいと感じて咄嗟に割って入った晃之介は、そそくさと立ち上がって畳を下りた。

「暁月君のことで話があるから、母さんちょっと社務所の番をしててね」

呆気に取られている千鶴子を残し、紅たちと社務所をあとにする。

紅に抱き上げられてご機嫌の暁月は、満面に笑みを浮かべていた。

鳴いた鴉がもう笑うとは、まさにこのことだ。

自分のせいで暁月が怪我をしたわけではないけれど、笑っていてくれると心が安らぐ。

「急に暁月を預けてすまなかった」

「それはいいんだけど、暁月君、膝に怪我をしちゃってて」

「怪我？」

「枝か何かに引っかけたような擦り傷で、それほどひどい怪我じゃなかったから、消毒して絆創膏を貼っておいたよ」

「そうか……ありがとう」

素直に礼を言われ、面映《おもは》ゆい思いで紅を見返す。

相変わらずの男前ぶりに、つい目を奪われる。

本殿に祀られている稲荷神と同じくらい崇められてきた八咫鴉の紅が、これほどいい男だと知っているのは自分だけなのだ。

そう思うと、不思議なことに優越感を覚えてしまう。

「それで、上でなにかあったの？」

うるさく鳴いていた鴉のことが気になり、晃之介はご神木のてっぺんに目を向ける。

「あそこに卵を産み落としていった鴉で、暁月を奪い返しにきたんだ」

「えっ？　暁月君のお母さんだったの？」

「そうだ。勝手に産み落としていきながら、今になって返せと言うのだから、いくらなんでも虫がよすぎる」

「返すつもりはないの？」

晃之介が素朴な疑問を投げかけると、紅は間髪を容れずにうなずき返した。

「あたりまえだ。あいつは卵を産み捨てていったんだぞ？　そのままにしていたら卵は死んでいた。母親としての役目を放棄したような輩に、俺のだいじな暁月を差し出せるか」

憤懣《ふんまん》やるかたないといった面持ちで吐き捨てた紅が、いつの間にか眠ってしまった暁月を愛おしげに見つめる。

その眼差しから、暁月に対する紅の愛情の深さが見て取れた。

紅は卵を孵化させたに過ぎないけれど、生まれてきた暁月を我が子のように慈《いつく》しんで育てている。

「俺は暁月を自分の子として育ててきた。もう暁月は俺の子だ」

嚙みしめるように言った紅の言葉に、晃之介は胸が熱くなった。

紅は何百年ものあいだひとりで過ごしてきた。

伴侶もなくたったひとり。

寂しい思いもたくさんしたことだろう。

だからこそ、暁月がたいせつな存在なのだ。

初めてともに暮らす相手を得た彼は、暁月を手放すことなど考えられないのだろう。

そうした彼の気持ちが理解できるからこそ、いまさら母親に返すつもりがないという言葉にもうなずけた。

「おとー……たま……」

すやすやと眠っている暁月の寝言に、紅の目尻が下がる。

一心に愛情を注ぐ紅。

そんな彼を父として慕う暁月。

互いに唯一無二の存在なのだ。

「それで母親は納得して帰ったの？」

派手に争っていただけに、結末は気になるところだ。

「いや、口汚い捨て台詞を吐いて去って行った」

「諦めてないってこと？」

「そのようだ」

紅から深いため息がもれる。

また母鴉が暁月を奪いにくるかもしれない。

紅はそれを危惧《きぐ》している。

彼の胸の内を思うと、なにか手助けしたい気持ちが沸々《ふつふつ》と湧き上がってきた。

自分にできることなどたかが知れているけれど、紅と暁月にはこれからもご神木の神殿で平穏に暮らしてほしい。

「なにかできればいいんだけど……」

「なにかとは？」

晃之介がもらしたつぶやきに、紅が首を傾げて見返してくる。

真っ直ぐに向けられる眼差しがやけに熱く感じられ、妙に照れくさい。

「暁月君はまだまだ手がかかるし、僕もなにか手伝えないかなって……」

お節介すぎる気がした晃之介は、躊躇《ためら》いがちに言って視線を足元に落とした。

「晃之介は優しいんだな」

ふと伸びてきた手であごを捉えられ、顔をクイッと上向かされる。

急にどうしたのかと目を瞠ると、柔らかに微笑む紅の顔が近づいてきた。

「んっ……」

顔を背ける間もなく唇を塞がれ、そのまま貪《むさぼ》られる。

生まれて初めてのキスに、一瞬にして頭の中が真っ白になった。

「ふっ……」

息が詰まる寸前で唇が遠ざかり、晃之介は肩を大きく落として息を吐き出しながら呆然と紅を見つめる。

「晃之介にこれ以上の迷惑はかけられない」

そう言って目を細めた紅が、片腕に抱いていた暁月を抱え直し、あたりを確認するようにゆっくりと見回す。

「くれな……」

言葉をかけようとした晃之介の目の前で、フッと紅の姿が消えた。

わずかに風を揺るがすこともなく、本当に忽然と消えてしまった。

まるで夢を見ていたかのような気分だ。

「紅さま……」

ご神木を仰ぎ見た晃之介は、すでに神殿に戻っているであろう紅に思いを馳せる。

「キスされた……」

生々しく残っている唇の感触に戸惑い、小さく首を振りながら深く項垂《うなだ》れる。

いったいどんな意味があるのだろうか。

紅はなにを思ってキスなどしてきたのだろうか。

人間の姿をしているけれど、彼は別の生き物だ。

唇を重ね合う行為に、人間界とは異なる意味があるのかもしれない。

「なんだったんだろう……」

紅にとって深い意味がなくても、ファーストキスを奪われた身としては複雑だ。

本人に確かめたい思いがあるが、また会えるとはかぎらない。

紅は自由に姿を変え、地上とご神木にある神殿を行ったり来たりできる。

それなのに、自分は彼が姿を見せてくれるのを待つしかないのだ。

「もう会えないのかな……」

いきなりキスされたことで、妙に紅を意識し始めた晃之介は、ご神木のてっぺんを見つめたまま悶々としていた。

第四章

住宅街にある〈那波稲荷神社〉での暮らしは、のんびりとしたものだ。

神事は月に数回あればいいほうで、参拝者もまばらな平日はいつものように境内を清めることに専念している。

母鴉との騒動があって以来、紅たちは一度も姿を見せていない。

変わらない姿で佇むご神木を見ていると、本当に紅と暁月はあの上にある神殿にいるのだろうかと、そんな疑いすら抱いてしまう。

「暁月君、元気にしてるのかなぁ……」

愛らしい大きな瞳に懐かしさを覚える。

紅の唐突なキスも未解決のままだ。

紅はご神木に祀られている尊い存在であり、気軽に会える相手ではない。

それは権禰宜として理解しているけれど、せめてもう一度、会って話がしたいという思いがあった。

「また落ちてきたりして……」

ご神木の根元を竹箒で掃きながら、大きく伸びた枝越しにてっぺんを覗き見る。

彼らが暮らしている神殿は、神の領域にある神聖な場所のはず。

とはいえ、高いところにあるのは間違いなさそうだから、ついつい見上げてしまう。

よじ登りたい衝動に駆られたこともあるけれど、いくらなんでもご神木に足をかけたりしたら罰が当たる。

「今日も熱心だな」

竹箒を手にご神木を見上げていた晃之介は、真後ろから聞こえてきた声にハッとした顔で振り返った。

「権禰宜の晃之介だろう？」

馴れ馴れしく呼び捨てにしてきたのは長身の男性で、なんとも意味ありげな笑みを浮かべている。

驚くほど端整な顔立ちをしていて、長い茶色の髪を後ろでひとつに束ねていた。

大きく胸元を開いた純白の長袖シャツに、アーモンド色のパンツを合わせている。

これといって派手な装飾品を着けているわけでもないのに、その立ち姿からは華やかな雰囲気が漂っていた。

「こんにちは」

見ず知らずの男性から呼び捨てにされるいわれはないけれど、参拝者かもしれないと思えば無下にもできない。

「ずっと上ばっかり見てるよな？」

あろうことか男性はご神木に寄りかかり、そのまま大きく空を仰ぎ見た。

由緒ある〈那波稲荷神社〉のご神木に背を預けるなど許し難い行為。

とはいえ、ご神木であることを知らない可能性もある。

晃之介が注意をしようとした矢先、弾みをつけてご神木から離れた男性が、陽当たりのいい石畳へと歩を進めた。

「そんなに紅が気になるのか？」

青空に輝く太陽の光を浴びて立った男性を、息を呑んで見返す。

八咫鴉の紅については〈那波稲荷神社〉に受け継がれてきた言い伝えであり、他の人が知っていてもおかしくない。

けれど、紅を呼び捨てにしたこの男性は、ただ言い伝えを知っているだけではなさそうだ。

どうして自分が紅を気にしているとわかったのだろうか。

「失礼ですが……」

どこの誰であるかを訊ねようとしたのに、またしても息を呑んでしまった。

石畳に落ちた男性の影が異様な形をしている。

人の姿ではあるけれど、あってはならないものが映っているのだ。

(尻尾?)

それは太くて長い尻尾のようで、その影だけがゆらゆらと揺れている。

人間に尻尾などあるはずがない。

でも、はっきりと目に見えているのだから疑いようがなかった。

(もしかしてお稲荷さま……)

揺れている尻尾が狐のものかどうかは定かでない。

それでも、ここが稲荷神社であることから、狐かなという思いが浮かんだのだ。

紅と会っていなければ、こんな馬鹿げた考えなど浮かばなかっただろうが、いまでは普通に想像してしまう。

「いい勘してるな。俺はそこに祀られてる稲荷神の光輝《こうき》だ」

にやりと笑った男性が、大仰《おおぎょう》に本殿を振り返った。

「やっぱり……」

普通であれば気が触れていると思うところだが、晃之介は驚くこともなく素直に信じた。

影に映っているのは紛れもない尻尾であり、それを目にしてしまえば疑いようがない。

それより気になるのは、こちらの思いを読み取ったかのような物言いだ。

考えを読まれるのは気分のよいものではない。

「おまえ、人の心が読めるのか？」

「神に向かっておまえはないだろう？　もう少し言葉を選べよ」

「あっ……」

呆れたように言われ、晃之介は思わず小さな声をもらして唇を噛んだ。

そういえば、紅に対しても丁寧な言葉を使っていない。

紅も光輝も敬うべき存在だ。

人の姿になった彼らと接していると、神に仕える身でありながらつい忘れてしまう。

態度が少しばかり横柄なのも、何百年と生きてきた神ならばしかたのないことか。

いきなり馴れ馴れしく声をかけてきて感じが悪いとか、そうしたことは取っ払って接しなければと思いを改める。

「光輝さまは人の心が読めるのですか？」

「そうそう、それでいい」

言い直した晃之介を見て、光輝が満足そうに笑う。

その顔つきになんとなく腹立ちを覚えた。

とはいえ、彼は祀られている稲荷神であり、自分の立場が下なのは明白なのだからと晃之介は堪えた。

「俺が持つ妖力は紅より遙かに種類が多くて強いからな、おまえの考えていることなどすべてお見通しだ」

光輝が得意げに唇の端を引き上げる。

態度が横柄で自信満々なところに、少しばかり引っかかりを覚える。

同じ神様でも、優しい紅とは違う。

神様の性格もいろいろあるようだ。

「本当に？」

「もちろんだ。それに、おまえがどこでなにをしているかも知っているぞ。たとえば、この前は紅にキスされてたよな」

「なっ……」

晃之介は驚愕の面持ちで光輝を見つめた。

あの日は周りに誰もいなかったはずなのにそれを知っているのは、すべてがお見通しだという彼の言葉に嘘がないからだろう。

「キスされて嫌がらなかったのは、紅のことが好きだからか？」

長身をわずかに折った光輝が、晃之介の顔を覗き込んでくる。

「そ……そんなことありませんよ、いくらなんでも……」

咄嗟に言い返したものの、晃之介は激しく動揺していた。

なぜそんな感情に囚われたのかは自分でもわからない。

ただ、好きという言葉が、勝手に頭の中でグルグルと回っていた。

「紅はおまえを気に入っているようだが、しょせんは鴉だから相手にしないほうが身のためだぞ。ただでさえ鴉は嫌われものなんだから、おまえも好かれたところで困るよな」

光輝の言いようは、まるで紅と敵対関係にあるかのようだ。

同じ神社に祀られているというのに、神同士で仲が悪いことなどあるのだろうか。

そもそも神様が悪口を言うのはよくないのではないだろうか。

さまざまな思いが晃之介の脳裏を駆け巡る。

「そのへんの雌鴉が産み捨ててった卵を孵したか思えば子育てなど始めて、気が触れたとしか思えないね。何百年もひとりで生きてきた鴉に子供が育てられるわけがない」

悠然と腕組みをして喋り続ける光輝を見ていると、どんどん腹が立ってきた。

紅は産み捨てられた卵にも命があると思い、自ら温めて孵したのだ。

そうして産まれてきた雛を、相談する相手もなくひとりで育ててきた。

命を大切に思い、暁月に愛情を注ぐ紅が、どうして馬鹿にされなければならないのか。

「雛はまだ飛べないようだし、子育てなんぞとうてい紅には……」

「神さまだからってなにを言ってもいいわけじゃありませんよ！　紅さまを馬鹿にするのは僕が許しません」

まだ悪口を続けようとする光輝を遮り、晃之介は一気に捲《まく》し立てた。

紅は懸命に暁月を育てている。

身近に接して知っているからこそ、光輝の暴言は許せなかった。

「おまえ、権禰宜のくせに稲荷神に刃向かうのか」

「悪口を言う神さまになんてお仕えしたくありません」

晃之介はきっぱりと言い返していた。

売り言葉に買い言葉とはいえ、言い過ぎてしまったような気がする。

でも、紅を一方的に批難する光輝が悪いのだ。

絶対に撤回するつもりはなかった。

「境内のど真ん中でなにを言い合っているんだ？」

光輝と睨み合っていた晃之介の前に、暁月を抱いた紅が姿を現した。

「俺は晃之介と話をしているんだ、邪魔をするな」

紅の登場に表情を一変させた光輝が、片手を振って追い払おうとする。

「相変わらず無礼な奴だ。おまえこそさっさと鏡の中に消えたらどうだ」

紅が負けじと言い返し、晃之介は蚊帳《かや》の外に置かれる。

かなり仲が悪いようだ。

同じ神社に祀られている神さま同士のいざこざなど、権禰宜としては見たくない。

けれど、居合わせてしまったからには放っておけない。

なにより、まだ幼い暁月に父親が言い争う姿を見せたくなかった。

「いい加減にしてください。二人とも神さまなんだから、もう少し穏便に話をしたらどうですか？」

晃之介が割って入ると紅も冷静さを取り戻したのか、バツが悪そうに笑って光輝に背を向けた。

「逃げるのか？」

光輝に挑発された紅の頬がわずかに引き攣《つ》る。

それを見逃さなかった晃之介はすぐさま紅の横に並び、彼の腕を掴んで歩くよう促した。

「紅さま、行きましょう」

「どうした？　今日はやけに丁寧だな？」

言葉遣いの変化をすぐに紅に気づかれ、苦笑いを浮かべて肩をすくめる。

さすがに今さらな感じがしなくもない。

それでも、紅は敬うべき存在なのだから、言葉遣いはきちんとしたかった。

「紅さまは神さまですから敬って当然かと」

「なるほど」

紅が呆れ気味に笑ったのは、あまり気にしていないからかもしれない。

それでも、丁寧な言葉を使われて彼が嫌な気になるはずもないだろうと思い、これからは気をつけて話をしなければと改めて自分に言い聞かせた。

「暁月君、元気だった？」

「げんきー」

満面の笑みを浮かべた暁月が、晃之介に向けて両手を伸ばしてくる。

「抱っこしてほしいの？」

まさかと思って訊ねると、暁月はコクンとうなずいた。

抱っこをせがまれた嬉しさに、紅の腕から小さな暁月を取り上げる。

「ふひゃひゃ」

嬉しそうな彼の笑い声に、自然と顔が綻ぶ。

久しぶりに会えたのだから、ゆっくり話がしたい。

そんな思いがあるのに、なんと光輝が邪魔をしてきた。

「紅、おまえに伝えたいことがある」

光輝の言葉に紅の足が止まる。

晃之介はかまってはいけないと首を横に振り、紅に先を促す。

「俺は以前から晃之介が気に入っていた。晃之介は俺のものだから心しておけ」

「なんだと！」

再び歩き出していた紅がぴたりと足を止め、勢いよく光輝を振り返った。

さすがに聞き捨てならなかった晃之介も、少し遅れて振り返る。

「俺は晃之介をずっと見守ってきた。おまえのように偏屈で我が侭な奴には絶対に晃之介を渡さない」

「俺より劣るおまえになにができる」

「たかが百年長生きしているだけの狐が偉そうに」

感情を剥《む》き出しにした二人は、大人げないとしかいいようがない。

そもそも、なぜ彼らが自分を取り合いしているのかが、晃之介は理解できないでいる。

「晃之介は俺がもらう」

「いや、晃之介は俺のものだ」

「嫌われ者の鴉など誰も好きになるわけないだろ」

声高に言い放った光輝が勝ち誇ったように笑うと、抱っこしている暁月が突然、声をあげて泣き出した。

「わーん、わーん……」

紅たちの激しい言い合いに恐怖を感じたのだろうか、小さな手で晃之介の首にしがみついてくる。

それなのに、紅は暁月に見向きもしないで光輝を睨みつけていた。

あれほど子煩悩な彼が、暁月の泣き声すら耳に入っていない。

そこまで我を忘れるなど彼らしくない。

優しくて、いつも暁月を最優先しているのに、紅はいったいどうしてしまったのかと、さすがに驚いた。

「光輝、おまえになど……」

「もう止めてください！　暁月君が怯えて泣いているっていうのに、いつまで馬鹿げた言い合いを続ける気ですか」

泣き続ける暁月をあやしながら諭した晃之介は、紅と光輝を厳しい顔で睨みつける。

「紅、おまえのせいだ」

不機嫌そうに言い放ってそっぽを向いた光輝の姿が一瞬にして消えた。

目の前で人の姿が消える。

彼らには特別な力があるとわかっていても、やはり我が目を疑う。

「晃之介、すまなかった」

「謝るなら僕にではなく暁月君に謝ってください」

「ああ……」

申し訳なさそうにうなずいた紅が、怯えている暁月を抱き取り、涙に濡れた頬に顔を擦り寄せる。

「おとーたま、こわい……」

「暁月、ごめん。もう大きな声は出さないから大丈夫だ」

紅はようやく平静を取り戻したようだ。

暁月の頭をそっと撫でる彼は、いつもの優しい父親に戻っている。

それにしても、紅と光輝の言い合いはなんだったのだろうか。

俺のものだと言い張る彼らは、自分をどうしたいと思っているのだろうか。

耳に残っているわけのわからない言い合いに、晃之介は戸惑うばかりだ。

「晃之介、少し話がしたい」

「でも、僕は……」

仕事があるからと断ろうとしたのに、気がつけば彼らの住まいである神殿にいた。

有無を言わさない瞬間移動に、さすがに晃之介も憮然《ぶぜん》とする。

「紅さま、仕事中なのに困ります」

「時間は取らせない」

一歩も引かない紅に座るよう促され、諦めの境地で床に腰を下ろす。

（あれ？　いつの間に……）

ふと気がつけば、暁月を抱いたまま腰を下ろした紅の様相が変わっている。

雅な袍に指貫を纏った正装で、背には艶やかな黒々とした翼があった。

いつどこで変わったのかもわからない。

いちいち着替えるわけはないだろうから、一瞬にして姿が変わるということか。

深く考えるだけ無駄なこと。

彼は特別な力を持つ神様で、ここは神殿なのだ。

現実ではあり得ないことが起きても、気にしてはいけない。

「晃之介……俺は晃之介が成長するほどに、おまえに惹かれていった」

唐突に話し始めた紅は、膝に乗せた暁月の頭を撫でながらも、真っ直ぐにこちらを見つめている。

熱を帯びたようなその瞳はいっときも揺らぐことなく、晃之介も自然と真摯な気持ちで耳を傾けていた。

「ご神木の守り神である自分が、人間に心惹かれるのはあってはならないこと……そう言い聞かせて日々の姿を眺めるだけで満足しなければと思ってきた……生涯、おまえに俺の思いを伝えるつもりはなかったんだ……」

口を噤《つぐ》んだ紅は、どこか辛《つら》そうな表情をしている。

「あの日、この子がご神木から落ちたりしなければ……」

そう言ってまたしても言葉を切った彼が、父親の膝でうとうとしはじめた暁月に視線を落とす。

初めて会ったあの日に、いったいなにがあったのだろうか。

思い起こせば、紅の第一印象は最悪だった。

ずっと惹かれてきた相手と出会えたなら嬉しく思うはず。

あんなふうに感じの悪い態度になるとは思えない。

あのときの紅の胸の内が理解できず、眉根を寄せた晃之介は黙って前を見つめた。

「おまえと会うことがなければ、俺はここから見ているだけで満足していただろう。けれど、恋い焦がれてきたおまえを目の当たりにし、言葉を交わしてしまったら、抑えてきた思いが溢れ出してきてしまった」

「だからキスしたんですか？」

唐突なキスの理由がようやく理解できた晃之介が訊ねると、紅は小さく笑ってうなずき返した。

「おまえの優しさに触れて我慢の限界を超えてしまったんだ。それでも、微かに残っていた理性が、募る気持ちを打ち明けそうになる俺を思いとどまらせてくれた。だから、なにも言わずにあの場を去ったことで終わりになるはずだった」

紅が浮かべる微笑みに苦悩が滲み出ている。

好きな相手にキスしておきながら、気持ちを打ち明けることなく終わりにする。

恋心とはそんなにも容易く制御できるものなのだろうか。

二十五歳になっても、思い詰めるくらい人を好きになったことがない。

だから、紅の気持ちを理解しようにもできなかった。

「俺はおまえが好きだ。これが間違ったことであっても、おまえを諦めることなどとうていできない。おまえを光輝にだけは取られたくないんだ」

紅の強い口調に、寝息を立てていた暁月がピクリと動いて薄目を開ける。

けれど、紅が柔らかに髪を撫でてやると、暁月はなにごともなかったように再び眠りについた。

光輝の言葉が、紅を突き動かしたのだ。

必死に思いを封じ込め、見ているだけで満足しようとしたのに、横から奪おうとする者が現れた。

恋する相手が誰かのものになるくらいなら、たとえそれが過ちであっても己のものにしたいという衝動に駆られたのだろう。

紅の言葉や表情から、ようやくそうしたことが伝わってきた。

「晃之介、俺の気持ちをわかってくれたか？」

静かな口調の問いかけに、晃之介は小さくうなずきかえす。

「それでは、俺の思いを受け入れてくれるんだな？」

声を弾ませて身を乗り出してきた紅に申し訳ないと思いつつも、そうではないのだと首を横に振って見せる。

彼の顔に浮かんでいた笑みが一瞬にして消えたけれど、首を縦に振ることはできない。

「紅さまのお気持ちは理解しました。子煩悩な紅さまのことは嫌いではないし、ずっと僕を見守ってくれていたことを光栄に思います。でも、神さまと恋愛するなんて想像できないし、そもそも恋愛感情が湧くのかなって……」

拒絶の言葉を連ねるのが忍びなく、最後は口籠もってしまった。

「そうか」

容易に見て取れる落胆ぶりに、胸の奥深いところがツキンと痛む。

生まれて初めて味わう感覚だ。

どうして、彼を見ているだけで胸が痛むのだろう。

「では戻れ」

彼のひと言を耳にしたと思ったら、もう境内に立っていた。

挨拶をする間もなく、下界に戻されてしまったのだ。

「紅さま……」

言いようのない寂しさを覚えた。

心にぽっかりと穴が空いたかのようだ。

紅の気持ちを拒んだのだから、もう二度と姿を見せてはくれないだろう。

「お友だちから始めましょうとか言うけど……」

もっと他に言い方があったのかもしれない。

もう少し考える時間があれば、違った答えを出せたかもしれない。

「答えは二つにひとつだったんだよ……」

紅と友だちのような付き合いなどできるわけがない。

中途半端はよくない。

最初は辛いかもしれないけれど、いずれ紅も楽になれるはず。

「でも……」

自ら拒絶しておきながらも、紅と暁月にもう会えないという寂しさが拭いきれない晃之介は、本当にこれでよかったのだろうかと思い悩んでいた。

第五章

厄除けの祈願が行われていた本殿の片付けを終えた晃之介は、神妙な面持ちで神前に飾られている鏡を見つめていた。

「会いたいな……」

稲荷神の光輝が現れたあの日から、紅は姿を見せていない。

もう一週間以上になる。

会って話がしたい。

日が経つほどに紅の顔を見たい思いが募る。

幼い暁月はいい子にしているだろうか。

ひとりで子育てをしている紅は疲れていないだろうか。

光輝が現れたりしなければ、紅との関係がぎくしゃくすることもなかった。

紅は思いを胸に留めたままで、晃之介はなにも知らないまま、これまでと同じように平穏な日々を過ごせたはずだ。

「はぁ……」

やるせない気分で晃之介が大きなため息をもらしたそのとき、神前の鏡がカタカタと音を立て揺れ始めた。

「えっ？」

目を瞠って凝視する。

鏡のそばには誰もおらず、勝手に動いているのだ。

いったいなにが起きているのだろうか。

気になった晃之介は鏡に近づく。

もやもやとした煙のようなものが、鏡の中央から湧き出てきた。

「火事？」

さすがに慌てる。

本殿で火事など起きたら一大事だ。

「消火器……」

燃え広がる前に火を消さなければと消火器に目を向けた瞬間、いきなり肩を鷲《わし》づかみにされて硬直する。

「久しぶりだな」

聞き覚えのある声に、晃之介はハッとした顔で振り返った。

「光輝さま……」

人の姿をした光輝が、ふてぶてしい笑みを浮かべて睨《ね》めつけている。

前に会ったときとは、様相が違っていた。

平安朝の煌びやかな衣装を纏っていて、長くて太いふさふさの尻尾と、頭に尖った三角形の耳がある。

紅と出会っていなかったら、きっと腰を抜かしていただろう。

晃之介はあり得ない状況に慣れてしまっている。

そのせいか、妙な格好の光輝を見ても思いのほか冷静だった。

(あれ？)

鏡の中央から湧いてきていた煙はすっかり消えていて、なにごともなかったように鎮座している。

火事かもしれないと慌てたから、とりあえず安心した。

（そういえば……）

晃之介は前に紅が光輝に向けた「鏡の中に戻れ」という言葉を思い出す。

あのときはさして気にもしなかった。

けれど、紅がご神木のてっぺんにある神殿で暮らしているのだから、光輝の住処が鏡の中にあってもおかしくない。

きっと、光輝は神前に飾られた鏡を使って異世界と行き来しているに違いない。

「元気そうだな？」

光輝が肩を掴む手で乱暴に身体を向き直らせてきた。

晃之介は戸惑いの顔で見返す。

不機嫌なのは彼の顔つきを見れば明らかだ。

あまりよい印象を持っていないから、かかわりたくない思いがある。

とはいえ、光輝は〈那波稲荷神社〉で祀っている稲荷神であり、権禰宜としては邪険に扱うこともできない。

「なにかご用ですか？」

姿を見せたからには理由があるのだろうと思って訊ねると、光輝が意味ありげに唇の端をクッと引き上げた。

「あれから紅と会っていないようだな？」

「ええ、まぁ……」

晃之介は素っ気なく肩をすくめる。

強い妖力を持つ光輝はなにもかもお見通しであり、嘘をつくだけ無駄なのだ。

「好きだなんだと言っておきながら放っておくとは、紅もいい加減なやつだ」

「あなたには関係のないことでしょう」

紅を馬鹿にするような言い方に甚だ腹が立ち、晃之介は間髪を容れることなく言い返していた。

幼い暁月を自分の子として愛情込めて育てている紅が、いい加減だと言われて黙っていられるわけがない。

「生意気な口が叩けるのもここまでだ」

眼光鋭く睨みつけてきた光輝が、大きな手で晃之介の腕を掴んでくる。

「なにをするんですか！」

痛みを覚えるほどの力に恐怖を覚え、咄嗟に両手で光輝を突き飛ばした。

「おまえを紅などに渡すものか」

華奢《きゃしゃ》な晃之介の抵抗など、まったくものともしない光輝は、恐ろしいほどの不敵な笑みを浮かべる。

「なっ……」

光輝は晃之介の着物の襟を掴むなり、その手を荒々しく突き上げた。

背が反り返り、踵《かかと》が上がる。

力強さに戦慄が走った。

「や……やめてください」

身の危険を感じた晃之介は、光輝の腕を掴んで必死に抗《あらが》う。

助けを呼びたいけれど、この状況を親に見られたりしたら、とんでもない騒ぎになってしまうだろう。

大声を出せないのが、なんとももどかしい。

「おまえを俺のものにしたら、紅はどう思うだろうな？」

暴れる晃之介を、光輝は易々と床に押し倒してきた。

彼の顔に浮かんでいるのは、紅に対する憎しみ。

紅と光輝は何百年も生きてきた。

その長いあいだに、彼らになにがあったのか知るよしもない。

いったい、光輝を駆り立てているものはなんなのだろうか。

「二度と紅と顔を合わせられないようにしてやるよ」

晃之介の腰を跨《また》いだ光輝が、体重をかけ自由を奪う。

本気で強姦するつもりだ。

「ここは本殿ですよ」

晃之介は怯えながらも、懸命に抵抗する。

いまの光輝は冷静さを失っている。

力では絶対に敵わないから、言葉で説得するしかなさそうだ。

「神聖な場所で、こんなことをしていいと思っているんですか？」

光輝はまるで声など聞こえていないかのように、晃之介が纏う着物の襟を荒々しく掴んで大きく広げる。

「ひっ……」

胸が露わになり、晃之介は息を呑む。

このままでは、光輝の好き勝手にされてしまう。

どうにかしなければと頭では思うのだが、一回りも大きい彼を押しのけて逃げることはできそうにない。

下手に足掻けば、光輝は容赦なく手荒な真似をしてくるだろう。

(紅さま……)

なぜか紅が頭に浮かんだ。

彼ならきっと助けてくれる。

(紅さま……)

彼の告白を拒絶したのだから、もう会うことは叶わない。

それでも、頭には紅しか浮かばなかった。

「綺麗な肌をしているじゃないか」

光輝が露わになった晃之介の胸を、舌なめずりしながら撫で回してくる。

嫌悪感に背筋が凍った。

「紅さま――っ」

堪えきれずに思わず叫び声を上げ、あらん限りの力で光輝を突き飛ばす。

「うぐっ……」

光輝がバランスを崩した。

晃之介の肌に気を取られていたのか、上手く隙を突くことができたようだ。

逃げるならいましかない。

晃之介はあたふたと光輝の下から抜け出す。

「おとなしくしていろ」

怒り満面の光輝に袴の裾を掴まれ、晃之介は虚しくも引きずられる。

手入れの行き届いている床板は驚くほど滑りがよく、あっという間に光輝に押さえつけられてしまった。

「いやだ！　やめろ！」

もう逃れる機会は訪れないだろう。

光輝の餌食《えじき》になってしまうのかと思うと、悔しくて悲しくて涙が滲む。

「いますぐ晃之介から手を離せ」

本殿に紅の声が響き渡ると同時に、光輝の身体が大きく揺らいだ。

「紅さまっ！」

晃之介は驚愕の面持ちで紅を見上げる。

願いは届かないと思っていた。

いくら望んでも、紅が姿を現すことはないだろうと思っていた。

「紅さま……」

嬉しさと安堵から大粒の涙を零す晃之介に、紅が手を差し伸べてくる。

「もう大丈夫だ」

手を借りて立ち上がった晃之介を、紅が優しく抱きしめてくれた。

「紅さま……」

あとからあとから涙が溢れてきて止まらない。

けれど、安堵は長く続かなかった。

「貴様、ただではすまんぞ」

憤怒《ふんぬ》の形相で光輝が向かってくる。

「ただですまぬのは光輝、おまえだ」

声高に言い返した紅が、離れているようにと手振りで示してきた。

「たかが鴉のくせに偉そうなことを」

光輝も負けてはいない。

いったい、どうなってしまうのだろうか。

紅から促されるまま本殿の端のほうへと逃れた晃之介は、不安いっぱいの面持ちで成り行きを見守る。

「狐ごときに馬鹿にされるいわれはない」

ズイッと光輝に歩み寄った紅が、長くて太い尻尾をむんずと掴む。

「やめろ、なにをする！」

光輝が慌てたように紅の手を払おうとする。

「俺がおまえの弱点を知らないとでも思っていたのか？」

勝ち誇った笑みを浮かべた紅が、光輝の尻尾を思い切り引っ張る。

「えっ？」

晃之介は我が目を疑った。

煌びやかな衣装を纏っていた光輝が、なんと狐の姿になってしまったのだ。

写真や映像などでよく見る、黄金色をした普通の狐だ。

その狐が、困惑したように紅を見上げている。

「おまえはその姿で鏡の中に戻ることはできない。いまここで晃之介が警察を呼べば、おまえは野生の狐として捕獲され、これまでのように稲荷神として崇められることもないだろう」

紅は狐の尻尾を掴んだままだ。

どうやら、尻尾が光輝の急所らしい。

「おまえ……まさか本気か？」

光輝が声を上擦らせた。

「二度と晃之介にちょっかいを出さないと誓い、おとなしく鏡の中に戻るのであれば許してやろう」

「わかった。わかったからその手を離せ」

「誓うのか？」

「誓う。もう晃之介には手を出さないと誓う」

必死に訴える光輝を、紅がしばらく見つめる。

嘘偽りのない言葉であるかどうかを、見定めているようだ。

「さっさと戻れ」

紅が尻尾から手を離したとたん、先ほどの姿に戻った光輝が、慌てふためいたように神前の鏡に向かう。

彼はどうやって鏡の中に戻るのだろうか。

晃之介は興味を募らせたが、足早に歩み寄ってきた紅に抱きしめられて、肝心の場面を見損なう。

「晃之介、怪我はないか？」

心配してくれる紅の優しさに、光輝のことなどすぐに忘れる。

「ええ、大丈夫です。それより、どうしてここに？」

まだ少し涙が滲む瞳で紅を見つめた。

「おまえの声が聞こえたからだ」

「本当に？」

「ああ、俺を呼ぶ声を聞いて、いても立ってもいられなくなった」

紅が柔らかに微笑みながら、乱れた着物の襟を整えてくれる。

声が届いていた。

あの日、拒絶してしまったのに、紅はまだ自分を思ってくれている。

「おまえに無理強いをしたくなかっただけで、俺はおまえを諦めたわけじゃない」

「紅さま……」

紅から伝えられた言葉に、胸がにわかに熱くなった。

こんなにも、彼が自分のことを思ってくれていたなんて驚きだ。

紅は横柄だけど優しくて、光輝をとっちめられるくらい強くて、なによりも暁月を大事にしている。

恐怖の中で真っ先に紅が浮かんだのは、知るほど彼に惹かれ、気づかぬうちに思いを寄せていたからかもしれない。

「晃之介……」

「紅さ……」

どちらからともなく見つめ合ったそのとき、鴉の激しい鳴き声が聞こえてきた。

紅がハッとした顔で耳を澄ます。

鴉の鳴きかたから、ただごとではないとわかる。

晃之介は紅とともに本殿を飛び出す。

空を見上げると、ご神木の上空を鴉が旋回していた。

「暁月！」

声を上げるなり鴉に姿を変えた紅が、空へと飛び立つ。

「紅さま……」

不安に駆られた晃之介は、紅を目で追う。

激しく鳴いている鴉は、ご神木の様子を窺っているようだ。

「まさか暁月君を……」

ご神木の上で執拗に旋回しているのは、以前、暁月を奪い返しに来たという母鴉なのかもしれない。

紅が上空で鴉を威嚇し始めた。

暁月はどこにいるのだろうか。

神殿の中にいるのであれば安心だが、紅が慌てて飛び立ったところをみると、そうではなさそうだ。

ご神木にいるであろう暁月が心配でしかたない晃之介は、はらはらしながら上空へ目を凝らし続ける。

「えっ……」

ご神木の長く伸びた枝からなにかが、真っ直ぐに落ちてきた。

大きさからして子鴉ではない。

「うそっ！」

落下してくるのは人間の姿をした暁月だ。

それに気づいた晃之介は、全速力でご神木に駆け寄る。

「お願い……」

子供の暁月を受け止められる自信がなく、祈る思いで両手を伸ばした。

「うっ……」

ずしんとした重みを腕に感じ、恐る恐る目を向ける。

「ふひゃひゃ」

大きな瞳を輝かせている暁月は、楽しそうに笑っていた。

ご神木から落ちてきたのに、恐怖を感じなかったようだ。

「よかった……」

大泣きされるより、笑ってくれているほうがいい。

安堵した晃之介は、笑顔の暁月を優しく抱っこして立ち上がる。

〈カァーカァー〉

甲高い鳴き声が聞こえて見上げると、一羽の鴉が急降下してきた。

鴉の大きさから、紅でないことは明白だ。

「暁月君か……」

母鴉が暁月を狙っているのだと察し、抱っこしたまま一目散に本殿の中へと駆け込み、扉を勢いよく閉めた。

〈カァ、カァ〉

外で鴉が鳴いている。

〈カァ――カァ――〉

母鴉とは異なる鳴き声に、バサバサと羽ばたく音が入り交じって聞こえてきた。

異なる鳴き声は紅に違いない。

紅が母鴉と争っているのだろう。

「おとーたま？」

暁月がきょとんとした顔で、扉に目を向ける。

まるで扉の向こうが見えているかのように、じーっと扉を見つめた。

「大丈夫だよ、お父さんはすぐに戻ってくるからね」

暁月をしっかりと抱きしめる。

どれだけ紅が心配でも、本殿から出てはいけない。

晃之介は暁月を守るため、本殿に籠もる覚悟を決めた。

外で響いているのは鴉の鳴き声だけだ。

それなのに、なぜか紅が母鴉を諭しているように聞こえてならない。

暁月に対する紅の深い愛情を知っているからだろうか。

「聞き入れてくれたのかな？」

母鴉の鳴き声が小さくなり、次第に遠ざかっていった。

争いは終わったようだが、万が一にもということもあり、晃之介は暁月を抱っこしたまま本殿に留まる。

「晃之介？」

本殿の扉が開き、人の姿となった紅が入ってきた。

「おとーたまー」

晃之介の腕から抜け出した暁月が、パタパタと紅に駆け寄っていく。

「暁月、いい子にしてたか？」

「ふひゃー」

紅に抱っこされた暁月はご機嫌だ。

外でなにが起きていたのかなど、幼い暁月には理解できないはず。

親の争いごとなど知らないほうがいい。

幸せそうな紅と暁月を目にして、晃之介は頬を緩めた。

「晃之介、暁月を守ってくれてありがとう」

暁月を抱っこしたまま歩み寄ってきた紅が、晃之介の前で腰を下ろす。

「まさか暁月が木から落ちるとは思っていなかったから、さすがに俺も焦った」

紅は苦笑いを浮かべつつ、無邪気に笑っている暁月を見つめる。

「僕もびっくりしましたよ。でも、無事に受け止められてよかったです」

「晃之介なら暁月を守ってくれると確信していたから、俺も気を削がれることなく母親と対峙することができた」

「それで、お母さんは納得してくれたんですか？」

「ああ」

大きくうなずいた紅を、晃之介はにこやかに見つめた。

彼の役に立てたのなら、これほど嬉しいことはない。

「もう安心ですね？」

「そうだな」

笑顔で見つめ合い、そして暁月に目を向ける。

暁月をあやす紅は、本当に優しい顔をしていた。

溢れんばかりの愛情が見て取れる。

晃之介は微笑ましい彼らを見ているだけで、幸せな気持ちになれた。

「おにーたまー」

暁月が急に紅の手から逃れたかと思うと、正座をしている晃之介の膝に乗り、首に抱きついてくる。

「どうしたの？」

晃之介は愛らしい大きな瞳を覗き込む。

純真無垢な瞳。

子煩悩な紅に育てられる暁月は、どんな子に成長するのだろうか。

暁月が大きくなっていく様子を、もっともっと見てみたい。

「晃之介……」

「はい？」

神妙な面持ちの紅を、暁月をあやしつつ見返す。

「俺と一緒に暁月を育ててくれないか？」

「えっ？」

「俺の気持ちは変わっていない。会わずにいたあいだ、おまえのことばかり考えていた。会ったらよけい好きになった。俺にはおまえが必要なんだ」

真顔で直球を投げてきた紅が、熱い眼差しを向けてくる。

「でも……」

紅に惹かれているのを感じながらも首を縦に振れないのは、互いの立場を考えてしまうからだ。

紅はご神木の守り神で、晃之介はいずれ〈那波稲荷神社〉の宮司となるのだから、そう簡単には付き合えない。

「俺が嫌いなのか？」

「そうではありません。ただ……」

「わかった」

なぜか紅は説明を聞かずに納得した。

「迷っているだけなのだろう？　それなら俺は待つだけだ」

妙に自信ありげなのが気になったけれど、紅が答えを急がないでいてくれるのはありがたいことだった。

紅のことも、暁月のことも、そして神社のことも、もう少し時間をかけて考えなければいけない気がする。

「あれ、寝ちゃいましたよ」

小さな寝息に気づいた晃之介は、どうしたものかと紅を見つめる。

「いつも昼寝をしているころだからな」

「じゃあ、少し寝かせてあげましょうか？」

「ああ、そうだな。あれを借りていいか？」

紅が本殿の隅に積まれた座布団を指さす。

「ええ」

晃之介がうなずくと、紅は自ら座布団を取りに行った。

いろいろな姿に変身したり、瞬間移動もできるのだから、座布団くらい妖力で引き寄せられそうなものだが、そうした力はないのだろうか。

(なんか不思議……)

紅について知っていることはわずかだ。

まだまだ知りたいことが山ほどある。

「ここに寝かせてくれないか」

紅が運んできた座布団に、すっかり寝てしまっている暁月をそっと横たえた。

あどけない寝顔に、つい目を奪われる。

それは紅も同じなのか、しばらく二人で暁月の寝顔を眺めた。

「可愛いなぁ……」

「だろう?」

思わずつぶやいた晃之介は、親馬鹿丸出しの紅を見て笑う。

暁月にすべての愛情を注ぐ紅がどんどん記憶に上書きされていき、初対面のときの最悪な印象が消されてしまっている。

紅と一緒に幼い暁月を眺めているだけなのに、こんなにも幸せを感じているのが信じられない。

「早く喋れるようになるといいんだが……」

「暁月君が喋るようになったら、絶対に楽しいですよね？」

「そうだな。晃之介がいてくれたら、もっと賑やかで楽しくなりそうだ」

思いがそのまま口を衝いて出てしまったのか、紅が照れくさそうに笑った。

あまり見ない表情に、ちょっと胸がときめく。

こんなふうに、彼らと和やかに過ごすのもいいかもしれない。

晃之介はこの時間がもっと続けばいいのにと思いながら、父親の顔をした紅と可愛い暁月の寝顔を眺めていた。

第六章

仕事が休みの日、晃之介は自室で書の練習に勤しんでいる。

休日は週に一度しかないが、最近は書の腕を磨くことに専念していた。

もっと上手に御朱印帳に書を記したい思いがあるからだ。

「あれ？」

半分ほど開けた窓から、子供のはしゃぎ声が聞こえてきた。

境内で遊ぶ子供は少ないし、かなり声が幼い。

もしやと思って席を立ち、窓から外を覗いた。

「紅さま……」

向かい合ってしゃがんでいる紅と暁月が、境内に敷き詰めた砂利で遊んでいる。

シャツにパンツといったシンプルな装いながら、いつ見ても紅は格好いい。

無邪気に笑う暁月は可愛い。

彼らの姿を見るのは何日ぶりだろうか。

紅は返事を迫ってこないばかりか、滅多にご神木から降りてこない。

本殿で彼らと穏やかな時間を過ごしてから、ふと気づくと紅のことを考えていて、会いたいと思うようになっていた。

けれど、こちらから訪ねる術がないから、どれほど会いたいと思っても願いを叶えることができない。

やっと会えたと思ったら、じっとしていられなくなり、晃之介は早々に書の練習を中断して外に出る。

「こんにちは」

声をかけると、二人が同時に顔を上げた。

「こんにちゃ」

挨拶を返してきた暁月は、満面の笑みを浮かべている。

覚えたてといった感じのたどたどしい言い方が、可愛いくてたまらない。

「久しぶりだな」

笑顔で言った紅が、物珍しそうに見つめてくる。

顔に墨でもついているのだろうか。

不安になるほどマジマジと見られ、晃之介はほんのりと頬が赤くなる。

「それも似合ってるな」

紅が軽く手を払いながら立ち上がった。

彼とは権禰宜の姿でしか会っていなかったから、シャツにデニムパンツといった普段着が珍しかったようだ。

「今日はお休みだから、この格好なんです」

「なるほど」

「お天気もいいし、一緒に散歩しませんか？」

ほんの思いつきで誘いの言葉を向けたのだが、紅は渋い表情を浮かべて首を横に振った。

「この姿で神社の外に出ることはできないんだ」

「そうでしたか……」

敢えて理由は聞かなかった。

紅は神社に祀られている神様だ。

人間にはわからないルールがあるのだろう。

外に出られないのは残念だが、神社の中であれば一緒にいられる。

それで充分に思えた。

「暁月君、石積みして遊ぼうか？」

「あーい」

元気な声をあげた暁月と、さっそく石積みを始める。

「高く積んだほうが勝ちだよー」

幼い子供を相手に勝負を挑む。

もちろん勝利は暁月に譲るつもりだ。

とはいえ、まるで本気を出さないのではつまらない。

互いに何度も失敗しながら、選んだ石を少しずつ積み上げていく。

「おにーたまー、これちょーらーい」

晃之介が積み上げたてっぺんの石を、暁月がヒョイとつまみ取る。

「あー、暁月君ずるーい」

これぞと選んで置いた平らな石を取られ、晃之介は声をあげてしまった。

「おとなげないぞ」

そばで眺めていた紅が、楽しそうに笑う。

「だってー」

思わず頬を膨らませた。

紅は暁月だけでなく晃之介にもちゃんと目を向けている。

彼に見守られているようで、なんとも心地いい。

「あーっ」

最後の一個を載せたところで積み上げた石が崩れ、これまでの努力が水の泡と化す。

「おにーたまのまけー」

勝利した暁月が、小さな手を打ち鳴らす。

「うーん、残念」

勝ちを譲るどころか、いつしか晃之介は本気になっていた。

嬉しそうな暁月を眺めつつ、悔しさを噛みしめる。

「晃之介、仕事がないなら神殿で一緒に昼寝をしないか？」

「えっ？　僕が行ってもいいんですか？」

いきなりの誘いに驚きながらも、離れがたい思いがあった晃之介は、躊躇いがちに紅の顔を窺う。

「もちろんだ」

紅が大きくうなずくと同時に目の前が真っ暗になる。

何事かと思って瞬きをしたら、もう神殿の中で呆気にとられた。

瞬間移動は初めてではないけれど、前もって言ってくれないとやはり驚いてしまう。

「さあ、こちらへ」

声をかけてきた紅に目を向けてまた驚く。

均整の取れた長身に纏っているのは、目も眩むほど煌びやかな袍に指貫だ。

そして、肩の向こうに翼が見えている。

この姿の彼を見るのは三度目か。

紅であることは間違いないのだが、神様なのだと実感する姿にはやはり驚かされた。

「こちらが寝所だ」

案内されたのは広々とした空間で、ふっくらとした布団が敷かれている。

「酒は飲めるのか？」

「ええ、少しなら」

晃之介が答えて間もなく、妙な姿の女性が酒器を運んできた。

初めて目にするが、紅の世話をする女官だろうか。

引きずるほど裾が長い着物を纏い、薄い布で目から下を覆っている。

結い上げている髪は黒々としていて、口元がやけに出っ張っていた。

よくよく見ると、薄い布に隠されているのは嘴のようだ。

もしかすると、鴉かもしれない。

「暁月君もお酒を飲むんですか？」

紅が酒を注いだ杯を暁月に渡すのを見て、晃之介は目を丸くした。

「ああ、俺たちにとって酒は栄養豊富な水のようなものなのだ」

「へぇ……」

「さあ」

紅から差し出された杯を受け取って乾杯をする。

彼は「酒」と言ったが、そもそもどこで酒を造っているのだろう。

人間界にある「酒」とは違うのではないかと疑い、まずは香りを確かめる。

（普通のお酒と同じ匂いだ……）

杯を傾ける紅と暁月に目を向けつつ、晃之介は酒を口に含んだ。

（うん、お酒……）

香りも味も一般的な日本酒と同じだった。

暁月はコクコクと水のように飲んでいる。

人間ならとうていありえないことだけに、本当に酒など飲んで平気なのかと心配になる。

「あの……」

「なんだ？」

「紅さまは何百年も生きている八咫鴉だから、お酒が大丈夫なのはわかるんですけど、暁月君はごく普通の鴉の子ですよね？」

「酒を飲ませていいのかということか？」

確認してきた紅に、こくりとうなずき返す。

「俺の子として育てると決めたときに、大《おお》の神さまに許しを請い、神の子にしていただいているのだ」

「大の神さま？」

「簡単に言うと、一番偉い神様だ」

「八百万《やおよろず》の神々の長ということですか？」

「まあ、そのようなものだ」

紅の返事は曖昧だったが、それ以上は追及しなかった。

他に気になることがあったからだ。

「じゃあ、お酒はどこで作っているんですか？」

「こちらの世界にも酒蔵がある」

「あっ、そうなんですね」

なるほどと納得した晃之介は、杯の酒を飲み干す。

あまり酒には強くないけれど、杯に一杯や二杯なら酔うこともない。

なにより、紅と酒を飲めるのが嬉しい。

「暁月、布団で寝ないとダメだぞ」

いつの間にか暁月がこっくりこっくりと船をこぎ始めていた。

暁月を抱き上げた紅が布団に運ぶ。

横たわらせた暁月に布団を掛け、ひとしきり寝顔を眺めて戻ってきた。

「さて、俺たちも少し休むか」

酒を飲み終えた紅に誘われ、ひとつの布団に並んで横になる。

晃之介は妙な恥ずかしさを覚え、早く寝てしまおうと目を閉じるが、昼寝の習慣がないからなかなか寝付けない。

「晃之介、寝たのか？」

「いえ……」

馬鹿正直に返事をしたら、仰向けに寝ていた紅がこちらに寝返りを打ってきた。

「紅さま……」

あまりにも顔が近すぎて、胸がドキドキしてくる。

見つめられていると思っただけで、わけもわからず身体が熱くなってきた。

「頬が赤いぞ、酔ったか？」

さらに顔が近づき、ドキドキしすぎて答えることもできない。

もしかしたら、酒のせいかもしれない。

普通の日本酒のようだったが、実際にはものすごい度数が高い酒だったのだ。

そうでなければ、こんなふうに鼓動が激しくなるはずがない。

「可愛いな」

ふっと笑った紅が、そっと唇を重ねてきた。

「んっ……」

避ける間もなく唇を奪われ、さらに鼓動が跳ね上がる。

二度目のキス。

「晃之介、俺の伴侶になってくれないか」

キスを終えた紅が、至近距離から見つめてくる。

「生涯の伴侶はおまえしか考えられない。俺と一緒に暁月を育ててほしいんだ」

熱い吐息が唇をかすめていく。

こんなにも誰かに必要とされたことが、かつてあっただろうか。

紅の真摯な言葉に、心が大きく揺れ動く。

彼のそばにいて、彼とともに暁月を育てられたら、さぞかし楽しいだろう。

「紅さま……」

迷い顔で紅を見つめる。

「嫌なのか？」

「紅さまと家族になったら幸せだろうなって思います。でも……神様の伴侶になるなんて罰が当たりそうだし、両親がいるから三人で暮らすのは無理です」

申し訳ない思いがある晃之介は、静かに目を伏せた。

ともに過ごす時間が長くなるほどに紅に惹かれ、もっともっと一緒にいられたらいいなと思うようになっている。

でも、相手が神様ともなれば、障害は山ほどあるのだ。

「俺とここで暮らさずとも、いつでも会うことができる。おまえと心が通じ合っていれば、俺はそれでいい」

「紅さま……」

目から鱗が落ちたような気分だった。

一緒に暮らすことがすべてではない。

寝起きをともにしなくても、心が通じ合っていれば幸せを感じられる。

通い婚と言っても、紅となら移動にかかる時間はないも同じ。

「本当に僕でいいんですか？」

覚悟は決まったけれど、神様に後悔はさせたくない。

晃之介は真っ直ぐに紅を見つめる。

「あたりまえだ。生涯の伴侶はおまえしかいない」

きっぱりとした口調で言い切られ、思わず頬が緩む。

「愛しい晃之介、おまえが欲しい」

目を細めた紅が、唇を重ねてきた。

「ふ……ん……」

幾度も優しく唇を啄《ついば》まれ、少しずつ身体から力が抜けていく。

重ねた合わせた唇を通じて、紅の強い思いが心に染みていくようだ。

「晃之介、俺のたいせつな晃之介……」

頬に触れてくる指先から、優しさが伝わってくる。

彼に必要とされていることが、このうえなく嬉しく感じられた。

「んっ……」

より深く唇を貪られ、晃之介は早くも息が上がりそうになる。

キスに慣れていないから、どうしたらいいのかさっぱりわからない。

火照り始めた身体を紅に組み敷かれ、鼓動が驚くほど跳ね上がる。

「ふあっ……んん……」

搦《から》め捕られた舌をきつく吸われ、胸の奥あたりがズクッと疼《うず》いた。

身体のそこかしこが熱を帯びている。

あろうことか、股間までが熱くなり始めていた。

「はふっ……」

いつまでも終わらないキスに堪えかね、晃之介は顔を背けて紅の唇から逃れる。

「はぁ、はぁ……」

乱れた呼吸を必死に整えた。

「おまえは本当に可愛い」

間近から見つめてくる紅が、柔らかに目を細める。

彼は息ひとつ乱していない。

未熟さを露呈してしまったようで、恥ずかしさが募る。

「ひゃっ……」

脇腹から滑り落ちた手で股間を捕らえられ、一瞬にして身体が硬直する。

「反応がいいのだな」

股間の膨らみを掌で感じ取ったのか、紅が楽しげに笑う。

晃之介は言葉もなく、ただただ彼を見つめた。

キスをしただけで、身体が反応したのが自分でも信じられない。

幾度か恋愛はしたけれど、誰とも長く続かなかった。

溺れるほど夢中になり、明けても暮れてもその人のことばかり考えているような、熱烈な恋をしたことがない。

もちろん、ファーストキスを紅に奪われたくらいだから、セックスの経験も皆無だ。

そんなこともあり、自分は恋愛に対して淡泊なのだろうと思っていた。

だからこそ、紅と唇を重ね合わせただけで、身体が素直に反応してしまったのが驚きでならなかった。

「俺が好きか？」

真っ直ぐに見つめてくる紅の問いかけに、晃之介は迷うことなくうなずき返す。

嬉しそうに笑った彼が、また唇を塞いでくる。

「っん……」

唇のあいだから差し入れられた舌で口内を丹念になぞられ、くすぐったさに身を捩《よじ》った。

彼は股間に手を添えたままだ。

動かすでもなく、ただ置いているだけなのに、どんどん己の熱が高まっていく。

熱を帯びた己はもどかしげに疼き、直に触れてほしい衝動に駆られてくる。

「うんっ」

デニムパンツ越しに内腿を撫でられ、晃之介は大きく肩を跳ね上げた。

身体を駆け抜けていったのは甘酸っぱい痺れ。

これまで味わったことがない感覚だった。

「やっ……」

再び股間へと手を滑らせてきた紅が、膨らみを揉みしだいてくる。

「くふ……んっ」

やわやわと己を揉み込まれ、下腹の奥深いところが疼く。

紅の愛撫に感じて、声を上げている。

こんな自分を想像したこともない。

「あぁ……」

耳にまとわりつくような甘ったるい自分の声に、ただならない羞恥を覚えた。

「晃之介……」

露わな首筋に唇を這わされ、肩が小刻みに震える。

紅が触れてくるすべての場所で感じてしまう。

本殿で光輝に襲われそうになったときは、恐怖と嫌悪しか感じなかった。

男に無理強いされるなど、許しがたかった。

それなのに、紅に触れられて悦びを覚えている。

(紅さまが好きだから……)

愛撫を心地よく感じるのも、身体が勝手に反応してしまうのも、紅が好きだからに他ならない。

「紅さま……」

名前を口にするだけで愛しさがこみ上げてくる。

「晃之介、おまえのすべてが欲しい」

熱に潤む瞳で見つめられ、うっとりしてしまう。

体温が急上昇して、身体が蕩《とろ》けそうだ。

「んんっ……」

またしても唇を奪われる。
何度目のキスだろうか。
でも、抗う気持ちなどまったく湧いてこない。
感じているのは悦びだけだ。
繰り返されるキスにどんどん昂揚していき、晃之介は無意識に紅の広い背に手を回す。
掌に伝わってきたのは、予期したのとは異なる感覚。
(翼……)
背を覆うほど大きな翼に触れたのだ。
異質な感触に一瞬、現実に引き戻される。
紅はご神木に祀られた守り神であり、何百年も生きてきた八咫鴉。
(神様と抱き合ってるんだ……)
なんとも不思議な気分だった。
だけど、紅のことが好きだと確信してしまったから、少しの後悔もない。
神様でも、八咫鴉で大きな翼があっても、そんなことは関係なかった。
「ふ……んんっ」

目眩《めまい》が起きそうなほど濃厚なキスに、晃之介は夢中になっていく。

「晃之介……」

唐突にキスを終えた紅が、勢いよく身体を起こす。

翼に触れていた手が、パタンと布団に落ちる。

「紅さま？」

仰向けに横たわったまま、晃之介は彼を見上げた。

「まずはおまえの精を味わいたい」

柔らかに微笑んだ紅が、晃之介のデニムパンツの前を開き、下着ごと引き下ろす。

予期せぬ展開に抗う余裕もなく、下肢を露わにされた。

「あふ……っ」

剥き出しの股間を手で隠す間もなく、素早く身を屈めてきた彼が、頭をもたげている晃之介自身をすっぽりと口に含んだ。

「ひっ……」

衝撃的な出来事に、身体が硬直して頭の中が真っ白になる。

あろうことか、紅が己を咥《くわ》えているのだ。

「やっ……」

紅は口だけの抵抗などものともせず、晃之介の腰に腕を回してきた。

がっしりと腰を抱え込まれ、身動きが取れなくなる。

「ふあっ……あっ、あっ……」

淫《みだ》らな音が立つほど激しく先端部分を吸われ、くびれを舌先でなぞられ、鈴口《すずぐち》を突かれ、とてつもない快感が湧き上がってきた。

生温かい口内に包まれた己が、なんとも気持ちいい。

「ひっ……んっあ……」

快感が強すぎて、下腹が激しく波立つ。

硬度を増した己が、ドクン、ドクンと脈打っている。

これほどの快感は味わったことがない。

己はもう制御不能で、いまにも爆発しそうだった。

「紅さ……ま……もっ……」

はち切れそうになっている己を、紅が窄《すぼ》めた唇で根本から扱《しご》き上げてくる。

あまりの気持ちよさに、腰が勝手に揺らめく。

我慢の限界なのに、快感を貪ってしまう。

荒波のように押し寄せてくる射精感が、新たに湧き上がる快感に掻き消された。

「んっ、んんっ……」

己に食らいついた紅は、いつまでも口淫《こういん》を続ける。

途切れることなく快感が弾け続け、ときおり舞い戻ってくる射精感とない交ぜになり、さすがに辛くなってきた。

「やっ……紅さま……もう無理……」

いつまでも昇り詰めさせてもらえない苦しさに、晃之介はついに音を上げたけれど、紅は耳を貸さない。

「もっ、出したい……お願い……」

苦しさから逃れたい一心で、紅の肩を掴んで揺さぶる。

「紅さま……」

「いいだろう」

ようやく願いを聞き入れてくれた紅が、唇の動きを速めた。

濡れた唇が上下に動き、熱く熟した皮膚が擦られていく。

熱の塊が激しく疼いている。

上下する唇の動きはほどよく、まるで心地よさの加減を熟知しているかのようだ。

限界の極みにいた晃之介は、瞬く間に昇り詰めていく。

「んっ、く……」

あごを大きく反らして極まりの声をあげ、紅の口内へと勢いよく精を迸《ほとばし》らせる。

「は……あぁぁ……」

ようやく精を解き放ったあとに訪れたのは、天にも昇るような心地。

身体の隅々まで甘い痺れが満ちていく。

「はぁ、はぁ……」

荒い息を吐き出しながら、ぼんやりと天井を見つめる。

これほどの脱力感は味わったことがない。

まさに放心状態だ。

「堪能したぞ」

耳に届いた紅の声に、晃之介は力なく頭を起こす。

「紅さま……」

微笑んで見つめる紅が、おもむろに身体を重ねてくる。

ずっしりとした重みを受け、脱力した身体が布団に沈む。

「晃之介、続けるぞ」

「えっ？」

「おまえのすべてが欲しいと言ったはずだ」

わずかに上体を浮かせた紅が、忘れたのかと言いたげに、晃之介の瞳を覗き込んできた。

彼がなにを望んでいるかくらい理解している。

いまだ童貞とはいっても、セックスがどういったものか知らないわけではない。

好き合ったもの同士が身体を繋げるのは自然なことだ。

でも、いくら紅が好きでも、いきなりすぎて心の準備ができていない。

さすがに、ことを急ぎすぎているようにしか思えなかった。

「怖いか？」

「べつに怖いわけでは……」

「ならば問題ない」

自己完結した紅が、満面に笑みを浮かべる。

なんて自分勝手なのだろう。
初めてなのだから、もう少し気遣ってくれてもいいような気がする。
「ようやく積年の思いを遂げる時がきた」
紅の感慨深げなつぶやきに、晃之介はハッと我に返った。
彼は長いあいだ、自分に思いを寄せてくれていたのだ。
好意を抱いたのは昨日、今日のことではない。
叶わないと思っていた恋が成就したのだから、その喜びは計り知れない。
いずれ身体を繋げる日が来る。
ならば、それが今日でもいいのではないだろうか。
「紅さま……」
覚悟を決めた晃之介は、紅を見つめて微笑む。
笑顔を目にして破顔した彼が、改めて身体を重ねてくる。
躊躇うことなく両手を彼の背中に回し、静かに目を閉じた。
（あれ？）
掌に伝わってきたのは、先ほどとはまた異なる感触だった。

さりげなく手を滑らせてみたら、翼に触れた。

そればかりか、彼の温もりが肌に直に伝わってきている。

不思議に思って薄目を開けると、いつの間にか紅は一糸纏わぬ姿になっていた。

「晃之介、このときをどれほど待ち望んだことか……」

しっかりと抱きしめてきた彼が、緩やかに腰を回す。

互いのものが直に触れ合う。

己に伝わってくる熱は驚くほど高い。

紅はかなりの興奮状態にあるようだ。

恐怖や戸惑いを感じないといえば嘘になる。

なにしろ初体験なのだから、いろいろな感情が湧き上がってくるのはしかたない。

それでも、恋心を募らせてきた紅のことを思えば、拒むことなどできるわけがなかった。

「晃之介……」

尻を撫で回していた彼の手が、二つの山を分け入ってくる。

「ひえっ」

指先が秘所をかすめ、晃之介は身を震わせて紅にしがみつく。

身体を繋げる場所はそこしかない。

頭ではわかっていても、現実味を帯びてくると緊張してしまう。

「本当はゆっくり楽しみたいところだが、あまり余裕がないのだ。すまない……」

紅は逸《はや》る気持ちを抑えられないでいるようだ。

積年の思いが、彼を駆り立てている。

「紅さま……」

晃之介は先を促すように、彼の頭を抱き寄せた。

不安を感じるのは、未知の世界に足を踏み入れようとしているからだ。

けれど、紅とひとつになったときは必ずや悦びが得られるはず。

彼にすべてを任せればいい。

「紅さまの好きにして……」

耳元で囁くと、紅が弾かれたように頭を起こした。

「晃之介？」

驚きに目を瞠る彼に、晃之介は笑顔でうなずく。

「晃之介……」

感無量といった顔つきで見つめてきた彼が、再び尻の間を指先で探り出す。

ゆっくりと円を描いていた指先が、そっと秘孔《ひこう》に差し入れられた。

「くっ……」

いきなり訪れた強烈な圧迫感と、切れるような痛みに歯を食いしばる。

痛みは想像を遙かに超えていた。

指を入れられただけで、これほどの苦痛を味わうとは思ってもいなかった。

紅の怒張《どちょう》を受け入れられるだろうかと、またしても不安が脳裏を過る。

そうはいっても、もう引き返すことはできない。

この痛みはいっときのもの。

晃之介は自らに言い聞かせながら、紅に両手でしがみつく。

「んんっ……」

彼がさらなる奥へと指を進め、圧迫感と痛みが増す。

冷や汗がじっとりと額に滲んでくる。

「いっ……あっ……」

しがみついたまま、激しく身を捩る。

奥深くまで差し入れた指を中で動かされ、とんでもない不快感に襲われたのだ。

早く彼の指から逃れたい。

でも、彼は執拗に指を動かし続ける。

耳をかすめる紅の息づかいが荒い。

もう歯止めがきかない状態になっていることだろう。

いまさら抗ったところで、彼を止めることなどできるわけがない。

「痛むか」

心配そうに問われ、晃之介は歯を食いしばったまま首を横に振る。

「ならば先に進むぞ」

声を上擦らせた紅が、いきなり指を引き抜いた。

「んんっ……」

秘所を擦られるむずがゆい感覚に、思わず顔をしかめる。

「はぁ……」

圧迫感が消えて安堵したのも束の間、突如、膝立ちになった紅に両の脚を担がれた。

尻が大きく浮き上がって慌てたけれど、彼はかまうことなく秘所に怒張の先端を押し当ててくる。

「晃之介、俺はどれだけこのときを待ったことか……」

喜びの声をあげた紅が、怒張で晃之介を貫く。

「う、ああ……」

とんでもない痛みに叫びそうになったけれど、晃之介は両の手で口を塞いで声を堪えた。

寝返りを打った暁月の姿が目の端をかすめたのだ。

幼子が目を覚ますようなことがあってはならない。

どれほど辛くても、大声は慎まなければと自らに強く言い聞かせる。

「ああ、晃之介……」

一気に貫いてきた彼が、そのまま腰を使い始めた。

「やっ……紅さ……」

口を覆う手の隙間から声がこぼれ落ちる。

痛くてたまらないのに、彼は抽挿《ちゅうそう》を止めてくれない。

泣き叫ぶことができないから、よけいに辛かった。

「晃之介、俺と一緒に……」

荒々しい息を吐きながら言った彼が、晃之介の股間に手を伸ばしてくる。

すっかり萎《な》えてしまっている己は、彼の手にすら反応しない。

貫かれている痛みは、それほど強烈なのだ。

「こちらに集中できないか？」

抽挿を続ける紅が、晃之介自身をやんわりと刺激してくる。

丹念な愛撫に、縮こまっていた己が少しずつ力を取り戻し始めた。

「あぁ……」

敏感な鈴口を指先でなぞられ、くびれや裏筋を擦られ、湧き上がってくる快感に意識が自然と己に向かう。

「そうだ、いい子だ」

紅にあやされ、ついには己に熱が舞い戻ってくる。

彼の手の中で頭をもたげた己が、ドクン、ドクンと脈打ち始めた。

「いい顔をしている」

紅が貫いたまま前屈みになり、快感に酔い始めた晃之介の顔を見つめてくる。

涙と熱に潤んだ瞳が、幸せそうな紅の笑みを捕らえた。

紅が喜んでいる。

彼の笑顔を目にしただけで、嬉しさがこみ上げてきた。

「ああ、なんて気持ちがいいんだ……晃之介の中は最高だ」

「紅さま……」

どちらからともなく唇を重ね、我を忘れて貪り合う。

そのまま硬く張り詰めた己をリズミカルに扱かれ、怒張に貫かれている痛みをいつしか忘れていく。

「ああっ……」

馴染みある感覚が下腹の奥で渦巻き始め、晃之介はキスどころではない。

紅の唇から逃れ、あごを反らして快感に溺れる。

「紅さま……僕……」

「またイキそうなのか?」

汗びっしょりの彼に、コクコクとうなずき返す。

「ならば俺と一緒に……」

興奮気味に言った紅が、抽挿を速める。

最奥を突き上げ、怒張が抜ける寸前まで腰を引いては、また突き上げてきた。

激しい動きに、晃之介の華奢な身体が揺さぶられる。

かなりの激痛を伴うものの、己から湧き上がってくる快感のほうが何倍も強い。

二度目の頂点は、もうそこに見え始めている。

「ああっ、んん……んっ、ん……紅……さま……」

「晃之介……」

紅の動きに合わせ、無意識に晃之介も腰を揺らす。

互いの動きが合わさり、快感が増幅していった。

「も……出る……」

「俺もだ……」

先に極まった晃之介を追いかけるように、紅が最後の一撃とばかりに大きく腰を突き上げてくる。

「くっ、うううぅ……」

紅の呻き声が静かな寝所に響く。

彼の動きがぴたりと止まると同時に、晃之介は下腹の奥に熱い迸りを感じた。

「晃之介……」

紅がそっと繋がりを解き、身体を重ねてくる。

気だるい解放感に包まれている晃之介は、脱力した腕をどうにか彼の背に回し、広い胸に顔を埋めて呼吸を整えた。

「俺の愛しい晃之介……」

少し身体を浮かせた紅が、額に唇を押し当ててくる。

なんとも言えない心地よさだ。

幸せで胸がいっぱいになっている。

「僕の紅さま……」

「おとーたまー」

キスをしようとしたところで暁月の声が聞こえ、晃之介と紅はハッとした顔で振り返った。

暁月は布団の上にちょこんと座り、こちらを見ている。

いったい、いつ目を覚ましたのだろう。

二人の行為を見られたかもしれないと思うと、いたたまれなくなる。

「起きたのか？」

身体を起こした紅が優しく声をかけると、暁月が立ち上がってトコトコと歩み寄ってきた。

間近で見ると、まだ寝ぼけ眼《まなこ》のようだ。

ふと目を覚ましたといった感じだろうか。

「おとーたまとねるのー」

暁月は紅の足下でコトンと横になってしまう。

晃之介の存在にすら気がついていないようでもある。

寂しいような、助かったような、なんとも言い難い気分で苦笑いを浮かべた。

「ちゃんとして寝ないと風邪を引くぞ」

暁月を抱き上げた紅を目にして、晃之介は名案が浮かぶ。

「三人で一緒に寝ませんか？　暁月君が真ん中で」

乱れた布団を手早く整え、中央をポンポンと叩く。

「いいのか？」

「ええ」

笑顔でうなずくと、紅が抱いている暁月を布団の中央に寝かせた。

「僕はこっちで寝ますから、紅さまはそっちに寝てください」

晃之介はそそくさと暁月の隣りに横たわる。

紅が反対側に寝そべり、上掛けを引き上げてくれた。

「おやすみなさい」

布団に入ったとたん羞恥に囚われた晃之介は、紅の顔を見ていられなくなって目を閉じる。

「おやすみ」

彼の声が聞こえて少ししてから、薄目を開けて様子を窺った。

こちらを向いて肘枕をついている彼は、すやすやと眠る暁月を眺めている。

その表情はいつになく幸せそうだ。

(よかった……)

幸せそうな紅の顔を見ているだけで、自分も幸せになれる。

暁月に割り込まれてしまい、初体験の余韻に浸る余裕もなかった。

でも、川の字で昼寝をするなんて家族のようで楽しい。

紅だけでなく、暁月もいてこそ味わえる幸福感なのだ。

これからは、平穏で幸せな時間をいつでも彼らと過ごすことができる。

生活は別々になるけれど、心が通じ合っていれば不安はない。

暁月を育てる紅を見守り、ときに子育ての手助けをする。
誰にも言うことができなくても、紅と暁月がいればいい。
(新しい家族かぁ……)
再び目を閉じた晃之介は、幸せを噛みしめながら深い眠りに落ちていた。

第七章

「こちらになります」

晃之介は社務所を訪れた若い女性の参拝者に、間紙《あいがみ》を添えた御朱印帳を差し出す。

「わぁ、可愛い！　ありがとうございました」

嬉しそうに言って頭を下げた女性が、軽やかな足取りで社務所をあとにした。

「お参りご苦労様でした」

社務所から参拝者を見送る。

御朱印やお守りを求めて〈那波稲荷神社〉を訪れる若い参拝者が、ここ最近、また増えてきていた。

晃之介が考えた稲荷神のキャラクターが、口コミなどでさらに広まり始めたからだ。

順番待ちがでるほど盛況なわけではないが、参拝者が増えるのは有り難いことであり、両親も喜んでくれている。

「こんにちはー、お守りを見せてもらってていいですかー?」

「ごゆっくりどうぞ」

新たな参拝者が、お守りを求めて社務所を訪れてきた。

若い女性の二人連れだ。

「これ、かっわいいー」

「ねえねえ、これも可愛くない?」

「私、ピンクにする」

「えー、どれにしようかなー」

女性たちが選んでいるのは縁結びのお守りで、キャラクターが刺繍で施されている。

稲荷神を祀っているから、キャラクターはすべて狐だ。

縁結びのお守りには、寄り添う愛らしい二匹の狐が描かれている。

若い女性参拝者の多くが、縁結びのお守りが目的で足を運んでくるのだった。

(光輝さま……)

社務所の畳で正座していた晃之介は、お守りを選んでいる女性たちの背後にいる光輝に気づき胸をざわつかせる。

紅との一件以来、光輝はまったく姿を見せていなかったこともあり、気になってしかたがない。

「すみませーん、これをください」

「おひとつ五百円のお納めになります」

「はーい」

女性たちが財布を取り出しているあいだに、晃之介はお守りを紙袋に入れる。

「お参りご苦労様です」

「ありがとうございまーす」

受け取った初穂料《はつほりょう》を引き出しにしまいながら、女性たちを笑顔で見送った晃之介は、すぐさま表情を強ばらせる。

後ろで女性たちを眺めていた光輝が、社務所に向かってきたのだ。

紅に懲らしめられた光輝は、二度と悪さをしないと誓ってはいる。

とはいえ、前に乱暴な真似をされているから、つい身構えてしまう。

「これって、俺なんだろう?」

光輝が縁結びのお守りを指さす。

「女の子に人気があるんだな」

光輝はどこか満足げな顔をしている。

お守りに描かれている狐は可愛らしく仕上げてあるから、光輝とは似ても似つかない。

それでも、稲荷神である光輝にしてみれば、お守りに描かれている狐は分身のようなものであり、若い女性からキャーキャー言われるのは嬉しいのだろう。

「イラストが可愛いからだと思いますよ」

光輝に対する印象が悪い晃之介は、つい憎まれ口を叩いてしまった。

「なんだよその言い草は」

光輝が眼光鋭く睨みつけてくる。

彼の視線にゾクッとした晃之介は、余計なことを言わなければよかったと、いまさらながらに後悔した。

「なにかご用ですか？」

気を取り直して光輝に声をかけた。

あまり関わりたくない気持ちがあり、早く帰らせたかったのだ。

「こっちは賑やかなのに、向こうは誰もいなくて退屈なんだよ。だから、出てきた」

神様とは思えない発言に、思わず呆気にとられる。

鏡の中の世界がどうなっているかなど知るよしもないし、稲荷神がなにをして過ごしているのかも知らない。

ただ、光輝が稲荷神であるならば、いるべき場所は向こうの世界なのだ。

「光輝さまは神様なんですから、退屈だからってふらふらしていないで、本殿にいるべきだと思いますよ」

「権禰宜ごときが、俺を窘《たしな》めるのか？　おまえは俺に仕える身なんだぞ」

真っ当なことを言ったつもりなのに、光輝から言い返されてムッとする。

「光輝さまって、本当にウチのお稲荷さまなんですか？　なーんか偽ものっぽいんですけど」

晃之介はあえてわざとらしい疑いの目を向けた。

最初は身構えていたけれど、いまの光輝は悪さをするように感じられない。

それに、神殿での紅の生活を垣間見たこともあり、もしかしたら寂しいのかもしれないと思い始めたのだ。

「なにが偽物だ！　俺はれっきとした稲荷神だぞ」

「本当ですかぁ？」

「本物に決まってるだろ」

光輝がムキになって言い返してきた。

表情はそこそこ怖いが、手を出してくる気配はない。

そればかりか、以前と違って威圧感がまったくなかった。

紅とのことをきっかけに心を入れ替えたのだろうか。

「なんで、おまえは……」

光輝が言いかけた瞬間、社務所の周りがにわかに暗くなった。

なにかを感じたのか、光輝が空を仰ぐ。

「紅……」

光輝の声を聞き、晃之介も空を見上げる。

翼を広げて上空を旋回していた大きな鴉が、境内に急降下してきた。

「まさか……」

光輝がいるのを知って、紅は助けに来てくれたのかもしれない。

晃之介は慌てて社務所を飛び出す。

「ここでなにをしている？　晃之介には二度とちょっかいを出すなと言ったはずだ」

「話をしてただけで、ちょっかいなんか出してないぞ」

晃之介が外に出ると、人の姿になった紅と光輝が顔を突き合わせていた。

「おまえの言うことなど信じられるか」

「俺は稲荷神だぞ、偉そうな口を叩くな」

「また尻尾を掴まれたいのか？」

いい大人というか、神様同士が言い合っている。

幸いにも参拝者はいないが、いつ誰が来るともしれないから、晃之介は二人に割って入る。

「やめてください」

「晃之介、無事か？」

守るように晃之介の前に立った紅が、心配そうに顔を覗き込んできた。

いつも気にかけてくれるのは嬉しい。

些細なことに、紅の愛を感じる。

でも、今回は彼の勘違いなのだ。

「心配しなくても大丈夫ですよ。光輝さまとはちょっとお話をしていただけです」

「ほら、みろ」

説明をする晃之介の言葉に、光輝がすかさず乗っかってきた。

しかし、紅は納得がいかない顔をしている。

「僕の言うことが信じられないんですか？」

「いや、そういうわけではないが……」

「だいたい、同じ神社にいる神様同士なんですから、仲良くしないとダメですよ」

仲が悪くなった理由を聞いていないから、なんとも言い難いところなのだが、争うことはないだろうという思いがあった。

「本当になにもされていないんだな？」

「されてません」

疑り深い紅にきっぱりと言い返したそのとき、甲高い鴉の鳴き声が聞こえてきた。

「暁月？」

真っ先に紅がご神木を見上げる。

どうやら、しきりに鳴いているのは暁月のようだ。

晃之介も光輝も、一緒になってご神木を仰ぐ。

「あっ！」

鳴き声が止んだと思ったら、ご神木のてっぺんから小さな鴉が飛び出してきた。

「暁月！」

声をあげた紅がご神木に向かって走る。

晃之介もすぐに彼のあとを追う。

暁月はまだ飛ぶことができない。

鴉の姿にしろ、子供の姿にしろ、地面に叩きつけられたら大変なことになる。

「暁月……」

空を見上げながら走っていた紅が足を止め、晃之介を振り返ってきた。

「見えるか？」

彼が上空を指さす。

「暁月君、羽ばたいてますよ」

「ああ、いつの間にか覚えたんだな」

紅と顔を見合わせて安堵の笑みを浮かべ、改めて上空に目を向けた。

暁月は小さな翼を目一杯、広げ、必死に羽ばたいている。

ときおり強い風に流されてふらつくこともあったが、緩やかに弧を描きながらしっかりと舞い降りてきた。

「暁月、よくできたな」

駆け寄っていった紅が、暁月を両手ですくい上げる。

父親の掌で、小さな鴉が得意げに鳴いていた。

「すごい……」

暁月が初めて飛ぶ姿を目の当たりにして、晃之介は胸が熱くなる。

幼子の暁月も、子鴉の暁月も、着実に成長しているのだ。

暁月が自由に舞えるようになる日も近いのだろうか。

「飛べるようになったんだから、そろそろ巣立っていくんじゃないのか？」

ひとり蚊帳の外にいた光輝が、もっともらしいことを言いながら割り込んできた。

巣立ちは親離れを意味する。

暁月が飛び立ってどこかへいってしまうなんて、あまりにも寂しすぎる。

紅はさぞかし悲しむに違いない。

「俺は暁月を後継者として、これからもずっと神殿で育てるつもりだ」

「暁月はただの鴉だろ？　後継者になんてなれるわけがない」

光輝は馬鹿にしたような言い方をしたが、紅はまったく意に介したふうもない。

「暁月はただの鴉ではない。大の神さまに許しを請い、神の子にしていただいている」

「おまえ、そんなだいそれたことを……」

光輝が呆気にとられる。

(だいそれたことだったんだぁ……)

先日の紅はさらりと説明してくれたから、さして珍しいことではないのかなと、晃之介は気にもとめなかった。

でも、稲荷神の光輝が呆れたということは、かなり無茶な願い出だったのだろう。

後継者にしたいと考えるくらい、紅にとって暁月の存在は大きいのだ。

「だいそれたことだろうがなんだろうが、大の神さまは許してくださったのだから、おまえにとやかく言われる筋合いはない」

「勝手にすればいいだろ」

不機嫌そうに吐き捨てた光輝が、本殿に向かって歩き出す。

後ろ姿が少し寂しげだ。

子育てを許された紅が、彼は羨ましいのかもしれない。

(何百年もひとりで過ごしてきたんだもんなぁ……)

退屈だと言って鏡から出てきたこともあり、光輝に同情してしまう。

「紅さま……」

「なんだ?」

「光輝さまには伴侶がいないんですか?」

素朴な問いを投げかけた晃之介を、不思議そうに紅が見返してくる。

「伴侶?」

「神様に伴侶がいたら、いけないってことはないんですよね? だったら、光輝さまも伴侶がいれば寂しくないのかなって……」

どうなのだろうかと、軽く肩をすくめて紅を見つめた。

ずっとひとりでいるよりは、よき相手と一緒に過ごすほうがいいに決まっている。

光輝は少しひねくれたところがあるけれど、探せば伴侶は見つかりそうな気がするのだ。

「光輝を心配しているのか?」

「だって、これからもひとりなんて寂しすぎるから……」

「おまえは本当に優しいんだな」

紅が柔らかに微笑む。

穏やかな眼差しを照れくさく感じると同時に、瞳に込められた愛を実感して嬉しくなる。

〈カァ、カァ……〉

見つめ合っていい雰囲気だったのに、暁月が邪魔をしてきた。

「わかった、わかった、腹が減ったんだな」

「神殿に戻りますか？」

これ以上は引き留められそうになく、晃之介はご神木を見上げる。

「仕事が終わるころを見計らって迎えに来るから、待っててくれないか？」

「はい」

思わぬ誘いに元気よく返事をした晃之介の頬に、紅がチュッとキスをしてきた。

「また、あとで」

短く言い残した紅の姿が、あっという間に消えてなくなる。

親子で羽ばたく様子が見られると思っていたから、少し残念な気がした。

しばらくすると、ご神木のてっぺんで鴉が鳴き出す。

響きが可愛らしいから、暁月の鳴き声だろう。

「飛べるようになったんだから……」

子供の成長は驚くほど早い。

昨日できなかったことが、今日にはできるようになっている。

ご神木のてっぺんから落ちてばかりだった暁月は、いつの間にか飛べるようになっていた。

ならば、人間の子供に姿を変えた暁月も、同じく成長しているのではないだろうか。

「たくさん喋ったら賑やかになるだろうなぁ……」

数時間後に会うのが楽しみでならない。

「こんにちは」

ご神木を見上げていた晃之介は、参拝者から挨拶をされてハッと我に返った。

「こんにちは。お参りご苦労様です」

笑顔で挨拶を返し、いそいそと社務所に向かう。

「さーてと……」

畳に上がって正座した晃之介は、スケッチブックと色鉛筆を用意する。

最近になって、御朱印帳に八咫鴉の絵を添えてみようかと思い始めた。

稲荷神社だからこれまでは狐の絵を添えてきたが、八咫鴉もれっきとした守り神であり、二種類あってもいいような気がしているのだ。

「格好よく描きたいよなぁ……」

色鉛筆を手にした晃之介は愛しい紅を思い浮かべながら、下絵を描き始めていた。

＊＊＊＊＊

「晃之介、夕飯はどうするの？」

社務所で片付けをしている晃之介に、千鶴子が外から声をかけてきた。

「ちょっと出かけるから、あとにする」

「最近、ちょこちょこ出かけるけど、彼女でもできたの？」

千鶴子が探るような視線を向けてくる。

紅と身も心も結ばれてから、仕事を終えたあとに神殿で彼らと過ごすことが増えた。

神殿には人間が腹を満たすための食べ物はなく、晃之介は自宅に戻ってから夕飯を食べているのだ。

ある日を境に、頻繁に出かけるようになれば、母親としてもなにかあったに違いないと思うのは当然だ。

「デートなら外で食事してくるよ」

「それもそうねぇ……」

千鶴子はまだ納得がいかないらしい。

紅たちのことを親に言うわけにはいかない以上、どうにか誤魔化すしかない。

「新しいキャラクターを考えたいから、イラストのサークルでちょっと勉強してるんだ」

「キャラクターって、この前、言ってた八咫鴉さまの？」

「そうそう」

嘘をつくのは心苦しかったけれど、これもお互いのためだと割り切る。

「サークルで勉強するなんて本格的じゃない」

「まあね」

「じゃ、頑張って」

ようやく納得した千鶴子が、その場をあとにする。

深く追及してこなかったのは、神社に関わることで出かけているとわかったからだろう。

八咫鴉の絵を考えているのは本当のことであり、あとで問題になることもなさそうだ。

「お参りご苦労様です」

千鶴子の声に、何気なく外に目を向ける。

「紅さま……」

なんと、彼女が挨拶したのは、暁月を連れた紅だった。

約束どおり迎えに来てくれたのだが、千鶴子と遭遇したのは想定外のことだ。

「大きくなったのねぇ」

千鶴子が暁月の前でしゃがむ。

どうやら紅たちのこと覚えていたようだ。

暁月の父親である紅に対する千鶴子の印象は悪い。

よけいなことを言うのではないかと、心配になってしまう。

それに、少しずつ喋るようになっている暁月のことが気がかりだ。

落ち着かない晃之介は、そそくさと片付けを終え、社務所の戸締まりをして千鶴子たちのもとへと急ぐ。

「こんにちは、お参りご苦労様です」

何食わぬ顔で挨拶をすると、千鶴子にかまわれていた暁月がパッと顔を上げた。

「おにーたまー」

にこにこ顔で駆け寄ってくる。

千鶴子がしゃがんだまま訝しげに晃之介を振り返ってきた。

(しまった……)

後悔の念が募る。

千鶴子が紅たちと別れて家に戻るまで、自分は社務所で待っていたほうがよかったかもしれない。

とはいえ、ここも上手く誤魔化すだけだ。

「こんにちは」

駆け寄ってきた暁月をヒョイと抱き上げる。

「仲良しになったんだよね」

暁月と顔を見合わせて笑う。

「可愛いわよねぇ」

千鶴子が暁月の小さな頭を撫でる。

「ふひゃひゃ……」

「そう、嬉しいの？」

喜ぶ暁月を見て、千鶴子が目を細めた。

早く孫の顔が見たいとか言い出しそうだ。

「母さん、晩ごはんの支度があるんじゃないの？」

「やだ、忘れてたわ。またね」

暁月の頭に優しく手を置いた千鶴子が、紅に会釈をして家に急ぐ。

ようやく安堵した晃之介は、暁月を抱っこしたまま紅に目を向けた。

「早く来すぎてしまったか？」

「そんなことありませんよ、ちょうど社務所を閉めたところなので」

毎日のように会っているのに、顔を見ただけで嬉しくなる。

一緒に過ごせる時間は短いけれど、そんなことはまったく気にならない。

彼らのそばにいられるだけで幸せなのだ。

「では、行くぞ」

紅の短い言葉を合図に、目の前が真っ暗になる。

でも、それはほんの一瞬のこと。

次の瞬間には明るい神殿の中にいた。

瞬間移動をした際に息苦しい思いをしたのは初めて体験したときだけで、それ以降はなにも感じることがない。

瞬間的に移動できる仕組みなど不可解極まりないけれど、よけいなことは考えないようにしている。

そもそも、神様と付き合っていること自体が本来あり得ないことなのだから、考えるだけ無駄だと思っていた。

確かなことは、紅と自分は相思相愛で、暁月が互いにとってかけがえのない存在であるということだ。

「よいしょっと……」

抱っこしている暁月を床に下ろし、紅に目を向ける。

先ほどまで普通に洋服を着ていた彼は、もう煌びやかな姿に変わっていた。

背には大きな黒い翼がある。

本当なら異様な姿のはずなのに、晃之介の目には凜として映った。人間の姿でも神様の姿でも、紅は素敵なのだ。

「おとーたま、ねむー」

紅にトコトコと歩み寄った暁月がピトッと抱きつく。

昼寝の時間はとうに終わっているし、寝るのにはまだ早い。

「ああ、飛び回ったから疲れたんだな」

眠い理由に気づいた紅が暁月を抱き上げる。

「寝かせてくるから、少し待っていてくれ」

「はい」

紅が寝所に向かい、ひとり残された晃之介は床に正座をした。

ついくせで、自然に正座をしてしまうのだ。

「広いなぁ……」

呆れるほど広い空間に、柔らかな敷物が敷かれているだけの和風の部屋。

ゴテゴテとした装飾もなく、ひとりでいると寂しさを覚えるほど殺風景だ。

「神様だし、神殿なのに……」

神殿のイメージといえば「絢爛《けんらん》豪華」だが、ここはそのイメージとはほど遠い。

とはいえ、神殿というからには他にもいろいろな部屋があるはずだ。

未知の世界だけに興味が募るが、急ぐこともない。

そのうち、神殿の全体像が掴めるだろう。

「待たせてすまない」

「寝ましたか？」

見上げた晃之介に笑顔でうなずき返した紅が、向かい側に片膝を立てて座った。

寛ぐ姿すら格好いい。

「暁月君はあれからたくさん飛んだんですか？」

「ああ、楽しくてしかたないらしい」

暁月のことを語る彼は、父親らしい柔らかな表情を浮かべている。

彼を見ているだけで、晃之介は自然と頬が緩んだ。

「もうご神木から落ちてくることもないんですね」

少し寂しさを覚えた。

落下してきた暁月を、幾度、受け止めただろうか。

「そうだな」

紅が感慨深そうに微笑む。

「そうかぁ……」

「どうした？」

晃之介のふとしたつぶやきに、紅がわずかに首を傾ける。

「あの日、暁月君がご神木から落ちてこなかったら、紅さまと会うこともなかったし、こうして一緒にいることもなかったのかなって……」

晃之介は神妙な面持ちで彼を見つめた。

紅は恋心を募らせながら、長年にわたり思いとどまってきたという。

あの出来事がなければ、彼は恋心を胸に秘めたままだったはず。

「晃之介……」

「はい？」

「後悔しているのか？」

紅が不安げに見つめてくる。

こんな顔をするなんて、まるで彼らしくない。

「してるわけないじゃないですか。僕は暁月君に感謝してるくらいですよ」

晃之介が笑顔で答えると、紅は安堵の笑みを浮かべた。

大の神の許しを得て、暁月は神の子になった。

ならば、暁月は縁結びの神様なのかもしれない。

「実は俺も暁月に感謝しているんだ」

「ですよね。紅さまとこうしていられるのは暁月君のおかげですから」

顔を見合わせて笑う。

暁月は可愛いだけではない。

彼が大きくなったら、〈那波稲荷神社〉の縁結びの神様として、強い力を発揮するかもしれないのだ。

「酒でも飲むか？」

「はい」

晃之介が返事をしてまもなく、女官が酒器を運んできた。

紅が声を発したわけでもないし、手を打ち鳴らしたわけでもないのにだ。

こちらの世界では特別な伝達方法があるのだろう。

さすが神様が暮らす世界は違う。

これからも、新たに知ることがたくさんあると思うとわくわくしてくる。

「楽しそうだな？」

酒を満たした杯を差し出してきた紅が、探るような視線を向けてきた。

「紅さまと一緒にいるんですから、楽しいに決まってるじゃないですか」

真顔で答えて杯を傾ける。

ほんのりと甘くて美味い酒は、少しの量でもほどよい酔いをもたらした。

「また、そのようなことを言って俺を唆《そそのか》すのか？」

にんまりとした紅が、晃之介の手を握り取る。

「あっ……」

グイッと手を引っ張られ、紅の懐にすっぽりと収まってしまう。

晃之介が持っていた杯が転げ落ちたけれど、彼は意に介さない。

「紅さま？」

「おまえは本当に可愛い」

紅が熱い眼差しで、ひとしきり見つめてくる。

間近で見つめられると照れくさい。

そっと目を逸らすと同時に唇を奪われた。

「んんっ……」

キスをしたまま床に押し倒され、唇を貪られる。

身体を重ねてきた紅の重みが心地いい。

彼の背に手を回すと、艶やかな翼に触れた。

この翼に触れられるのは自分だけだと思うと、ちょっと優越感を覚える。

「晃之介……」

甘い声が耳をかすめ、身震いが起きた。

「紅さま……」

率先して彼の唇を貪る。

絡みついてくる舌、布越しに感じる鼓動、時折もれる吐息のすべてが愛おしい。

静かな神殿で紅と過ごすひとときを、晃之介は存分に楽しんでいた。

第八章

週に一度の休みの日、晃之介は朝から紅の神殿で過ごしている。

最近は食料持参だ。

とはいえ、千鶴子にあれこれ勘ぐられたくない思いもあって、近くのコンビニエンスストアで調達している。

紅たちと長い時間を過ごすときの最大の不都合は、食事が取れないことだった。

なにしろ、彼らは酒以外のものはいっさい口にしないのだ。

彼らは酒があればそれでよくても、晃之介はそうはいかない。

最初は空腹を我慢していたのだが、紅といい雰囲気になったときに腹の虫が盛大に鳴いてしまい、食料を持参するようになったのだ。

それも、自分が食べるぶんだけではなく、三人で分け合えるだけの量を用意している。

紅によると、本来は酒があれば充分なのだが、人間の食べ物を口にしても害があるわけではないらしい。

ひとりで食べるより、三人で食べるほうが美味しいに決まっている。

なにより暁月が食べ物に興味津々で、あれこれ考えながら彼のために選ぶのが楽しみになっていた。

「これなーにー?」

床にちょこんと座っている暁月が、小さなパックを指さす。

「これはねー、ポテトサラダだよ」

「ポテト……サラダー」

暁月はどんどん言葉を覚えていく。

日に日に覚えるスピードが速くなっているようだ。

「食べてごらん」

晃之介が勧めると、こくんとうなずいた暁月がプラスティックのフォークを握ってポテトサラダに突き刺した。

「こぼれるぞ」

紅がすかさず手を伸ばし、倒れそうになった容器を支える。

最近の彼は、神殿でも人間の姿でいるようになった。

三人でいるときは洋服のほうが楽らしく、晃之介が来ているときは例外的に人間の姿でいるようにしたらしい。

大きな翼がある煌びやかな姿が見られないのは残念だが、彼が洋服姿だと家族と過ごしているようで自然体でいられた。

「これはなんだ?」

紅が寿司のパックを指さす。

「こっちが太巻きで、こっちがお稲荷さん」

「お稲荷さんとは?」

彼が眉根を寄せていなり寿司を見つめる。

頭に浮かんだのは稲荷神である光輝だろう。

なぜ食べ物にその名前がついているのか不思議に思ったようだ。

「稲荷神にお供えするお寿司なのでお稲荷さんっていうんです」

「稲荷神の好物なのか?」

「そう言い伝えられています」

真顔で訊ねてきたことに驚きつつも、晃之介は笑顔でうなずく。

紅と光輝は同じ神社に祀られている神様だから顔見知りなだけで、それぞれの役割や言い伝えなどについて詳しくは知らないのかもしれない。

「これを光輝が喜ぶのか？」

紅は解せぬといった顔つきで、相変わらずいなり寿司を凝視している。

「どうなんでしょうね？　言い伝えなので実際のところはわかりません。今度、光輝さまに訊いてみましょうか？」

「そんなことはしなくていい」

強い口調で紅から言われ、晃之介は思わず首を傾げた。

「どうしてですか？　本当かどうか気になるじゃないですか」

「光輝にはあまり関わってほしくない」

紅の表情はいつになく真剣だ。

光輝とはもともと仲が悪そうだし、晃之介に手を出そうとしたから、これまで以上に嫌悪感を抱いているのかもしれない。

「心配性ですね？　光輝さまが誓いを破るとは思えませんよ」

「そうか？」

紅が納得がいかない顔で見返してくる。

「だって神様なんですよ。神様が誓いを破るなんてあり得ないですからね」

「まあ、そうだな」

同じく神として祀られている身としては、紅も納得するしかなかったようだ。

それでも、光輝とは仲良くやってほしい思いがあるから、しかたなくではあっても納得してくれて安心した。

「これもたべてみるー」

暁月がお稲荷さんと太巻きを手に取った。

大きな口をあけてパクパクと食べていく。

普通ならたくさん食べて大きく育ってほしいと思うところだが、彼はどれだけ食べたところで少しの栄養にもならないらしいからなんとも妙な気分だ。

とはいえ、暁月が食べ物に興味を募らせ、美味しそうに食べている姿を見るのは楽しい。

紅も形だけとはいえ一緒に食事をしてくれるから、晃之介も遠慮なく食べることができた。

「もうたべられなーい」

さんざん食べた暁月が、床に大の字になる。

彼のお腹がぽっこりと膨れていた。

食べても害にはならないが、栄養にもならない。

それなのに、ちゃんと満腹感があってお腹も膨らむ。

いったいどういった構造になっているのだろうか。

不思議なことばかりだけど、無邪気な暁月を見ていると、そんなことはどうでもよくなってしまう。

「寝ちゃったんですか？」

「ああ」

すでに寝息を立てている暁月を、微笑ましい思いで眺める。

「晃之介はどうなのだ？」

「えっ？」

「腹は満ちたのか？」

「あっ、はい、お腹いっぱいになりました」

手を合わせてごちそうさまをした晃之介は、空になったパックをビニールの手提げ袋に入れていく。

もちろん、神殿にゴミ箱などあるはずがないから、空の容器は持ち帰るのだ。

「そういえば……」

ふと両親との会話が脳裏を過った晃之介は、不安の面持ちで紅を見つめた。

「急にそんな顔をして、どうした？」

紅が訝しげに眉根を寄せる。

「紅さまって、最近になって妖力が弱ったりしてません？」

「いや、別に変わりはないが、なぜそんなことを訊くんだ？」

あまりにも唐突な問いかけに、彼が表情を厳しくした。

ずっと頭に残っていたわけでもないのに、どうして急にあの日の会話を思い出したりしたのだろう。

でも、紅や神社の存続に関わることだから、思い出したからには訊かずにはいられない。

「ご神木に鴉が住み着いたときに紅さまの力が尽き、神社が悪い気に包まれて廃れてしまうという話が、神社には代々、伝わっているそうなんです」

「なるほど」

「子供の鴉がご神木に住み着いているのを知った両親が、とても心配していて……」

「そのことなら心配など無用だ」

きっぱりと言い放った紅を、晃之介は目を瞠って見つめる。

「本当ですか？」

「かつて村人たちは悪さをする鴉たちを追い払った俺を崇め、この神社に祀ってくれた。だから、俺の力が尽きてしまったら、再び鴉たちが襲ってくると考えたのだと思う」

静かな口調で話した彼が、不安を拭いきれないでいる晃之介を抱き寄せてきた。

「遠い昔には鴉の大群が押し寄せてきたこともあったが、俺はいつも全力で奴らを追い払って村を守ってきたから、いまではここに近づく鴉も少ない」

「じゃあ、紅さまも神社もこれまでと変わることはないんですね？」

「ああ」

力強い返事に安堵した晃之介は、ようやく笑みを浮かべた。

たった一羽の鴉が住み着いたからといって、紅が力尽きるわけがない。

そもそも、暁月は紅の子であり、神の子なのだ。

守る力が二倍になったも同じで、神社は安泰と言えるだろう。

「安心したか？」

「はい」

優しく腕を摩《さす》ってくれる紅に、晃之介は素直に身を預ける。

「おまえが不安になるようなことは、これからも起こらない」

「本当ですか？」

「ああ、俺は〈那波稲荷神社〉の大銀杏を守る八咫鴉だからな」

「あーっ！」

紅のひと言にひらめいた晃之介は、大きな声をあげて紅からぴょんと飛び退く。

いったい何事かと、紅は呆気に取られている。

「そうだよ、大銀杏だよ……紅さまと大銀杏は切っても切れない関係じゃないか……」

「晃之介、どうしたんだ？」

ひとりで興奮している晃之介を、解せない顔で紅が見つめてきた。

「御朱印帳に紅さまというか八咫鴉さまの絵を添えようと思って、あれこれデザインを考えているんですけど、ずっとなにかが足りない気がしていたんです」

「俺の絵を描くのか？」

「そうですよ。今はお稲荷さまの絵を添えているんですけど、紅さまと出会ってから八咫鴉さまの絵を添えたくなって……いい感じに仕上がったら、お守り袋にも使おうかなと思っているんです」

もやもやがすっかり吹き飛んだ晃之介は、いつになく饒舌《じょうぜつ》になっていた。

「実現したら、また光輝が焼きもちを焼きそうだな」

そんなことを言いつつも、紅はまんざらでもないのか嬉しそうだ。

「上手く描けたら持ってきますね」

「楽しみにしているぞ」

「格好いい八咫鴉さまにしたいんです」

「ますます楽しみだ」

満面に笑みを浮かべた紅に抱きしめられ、そっと床に横たえられる。

「紅さま？」

「嬉しそうな顔を見たら、おまえがほしくなった」

あまりにも率直な言いように、晃之介は顔を真っ赤にした。

でも、そういうところが紅らしくて好きだ。

求められて拒めるわけがない。

「あっ……」

両の手を紅の背に回そうとしたとき、すやすやと眠っている暁月が目に飛び込んできた。

眠っている暁月を起こしたくない。

なにより、寝ている子供のそばで戯れるのは憚《はばか》られる。

「どうした？」

背に回しかけた手で腕を軽く叩くと、紅が訝しげに顔を覗き込んできた。

「暁月君が……」

晃之介は床で寝ている暁月に視線を向ける。

「ああ……」

そういうことかと笑って身体を起こした紅が、立てた人差し指にフーッと息を吹きかけた。

「しばらくは目を覚まさない」

彼はなにごともなかったかのように、再び晃之介に身体を重ねてくる。

今度は躊躇うことなく彼の背を両手で抱きしめた。

たぶん、紅は妖力を使って暁月を眠らせたのだ。

人間に姿を変えることも、瞬間移動することもできる紅なら、暁月をしばらく眠らせておくことくらい容易いに違いない。

紅だけでなく光輝とも間近に接したから、もう些細なことでは驚かなくなっていた。

「晃之介……」

甘い囁きとともに、紅が肩口に顔を埋めてくる。

柔肌を幾度も啄まれる心地よさに、小さな震えが走った。

「んっ……」

彼は肌を啄みながら、晃之介が着ているシャツのボタンを外していく。

「あぁ……」

露わになった胸を唇が這う。

こそばゆさに身を捩り、紅の背を掻き抱く。

ボタンを外し終えた彼はシャツを脱がすと、デニムパンツに手をかけてきた。

何度も生まれたままの姿を晒しているのに、なぜか服を脱がされていくときは、いつも恥ずかしさを伴った。

かといって、自分で裸になるほどの勇気もなく、目をギュッと瞑って羞恥に堪える。

「あふっ……」

紅の重みを全身に感じ、小さな吐息をもらした。

露わにされた肌に、彼の温もりが直に伝わってくる。

すでに彼も一糸纏わぬ姿になっているのだ。

互いに裸になってしまえば羞恥も薄らぎ、晃之介はそっと目を開ける。

「紅さま……」

見つめてくる彼とひとしきり視線を絡め、吸い寄せられるように唇を重ねた。

「んっ……」

晃之介は改めて広い背を両手で抱きしめ、紅の唇を貪る。

「んふ……っ……」

執拗に舌を絡めてくる彼が、剥き出しの内腿に手を滑り込ませてきた。

さわさわと柔らかに撫でられ、投げ出している脚がだらしなく開いていく。

「んっ！」

腿のつけ根へと到達した手が、そのまま股間の膨らみを包み込む。

己に甘い痺れが走り、晃之介は思わず顔を背けてキスから逃れた。

「あぁぁ……」

まだ柔らかな己を揉みしだかれ、あごを反らして身悶える。

巧みな彼の愛撫に、瞬く間に己が熱を帯びてきた。

淫らに脈打ちながら、頭をもたげてくる。

「ぁ……んんっ……ん……」

全身を満たしていく快感に、晃之介は我を忘れていく。

「晃之介は感じやすいんだな」

楽しげな声に耳を擽《くすぐ》られ、どんどん昂揚していった。

「先に精をいただくぞ」

短く言った彼が、股間に顔を埋めてくる。

「ひやっ……」

すでに硬く張り詰めている己の先端をペロリと舐められ、腰を大きく跳ね上げた。

一瞬にして、舐められたそこが熱の塊と化し、ジンジンと疼き始める。

「は……ぁ……ああっ」

疼くそこを口に含まれ、音が立つほどにきつく吸い上げられた。

ただならない快感に、下腹が妖しく波打つ。

まだ始まったばかりだというのに、全身が蕩けてしまいそうなほどに熱くなっている。

「はぅ」

紅が喉元深くまで熱い塊を飲み込んでいく。

生温かい口内に包まれた心地よさを味わう間もなく、彼が窄めた唇でゆっくりと扱き上げてきた。

唾液をまとった己が擦られるたまらない感覚に、震えが止まらなくなる。

繰り返し己を唇で扱かれ、我を忘れて甘声《あまえごえ》をあげた。

「やっ……あああ……んんんっ……ぁああ……」

激しく頭を振り、浮かせた腰を淫らに揺らす。

馴染みある感覚が、次第に下腹の奥から迫り上がってきた。

押し寄せてくる荒波に、腰の揺らめきが大きくなる。

「紅さま……」

快感に打ち震えながら、彼の頭に手を添えた。

そのまま彼の頭を自らの股間に押しつけ、湧き上がる快感に溺れていく。

紅の口から溢れた唾液が、灼熱の楔《くさび》と化した己を伝い落ち、柔らかな双玉を濡らす。

「んっ……く」

双玉を指先で弄ばれ、さらにはその奥にある秘所を突かれ、どこでどう感じているのかすらわからなくなる。

「は……あぁ……」

あさましくも喘ぎ始めていた秘所が、まるで彼の指を飲み込もうとしているかのように、淫らな収縮を繰り返す。

「紅……さ……ま……」

晃之介はもどかしげに膝を立て、自ら尻を浮かせた。

躊躇いや羞恥心など、とっくに消え失せている。

熱の塊を求める秘所が、激しく喘いでいるのだ。

「あぁ」

紅が少しずつ指を奥へ進めてくる。

はちきれんばかりになっている己を唇で扱かれ、さらには柔襞《やわひだ》を指で押し広げられ、全身が甘い痺れで満たされていく。

「そ……こ……」

彼の指先が、快感の源ともいえる場所を捕らえた。

下腹の奥深いところで、小さな爆発が起きる。

強烈すぎるくらいだけれども、虜《とりこ》にならずにはいられない、紅から教えられた特別な快感。

なにもかもが、もれ出してしまいそうだ。

「は……あぁ……んっ……あああ……」

口淫も指の動きも止まらない。

前後で溢れかえる快感に、もうどうにかなってしまいそうだった。

「紅さま……もっ……」

渦巻き始めた射精感は限界に近い。

一刻も早く精を解き放ちたい。

晃之介はせがむように腰の揺らめきを速めた。

「はぁ……」

紅は限界間近を察してくれたのか、己を咥える口を素早く動かし始めた。

「ああぁ……」

下腹の奥で熱がうねっている。

「あっ、出る……」

極まりを迎えた晃之介は、大きく腰を突き出す。

いままさに精を解き放とうとしたそのとき、紅がきつく窄めた唇で己の根元を締め付けてきた。

「はっ……あああぁ……」

根元から絞り上げるように唇で己を扱かれ、ようやく晃之介は吐精する。

「あうっ」

紅の動きに合わせ、腰がどんどん浮いていく。

「ああぁ――っ」

かつてないほどの快感に、激しく身震いをした。

こんなにも強烈な吐精は初めてだ。

短時間で達してしまったせいか、自分でも驚くほど呼吸が乱れている。

「はぁ、はぁ……」

脱力した両の手脚を投げ出したまま、気怠《けだる》い解放感に浸った。

「たっぷり出たな」

身体を起こした紅が、放心状態の晃之介に熱っぽい瞳を向けてくる。

疲れ切っていて、頭を持ち上げることすらできない。

「晃之介、気持ちよかったか？」

隣りに横たわって肘枕をついた紅が、至近距離から顔を覗き込んできた。

あからさまな問いかけに、すでに火照っている頬がさらに熱くなる。

「そ……そんなこと……」

言い返したいけれど、言葉が続かない。

それればかりか、唾液と精に濡れている彼の唇があまりにも艶めかしく、晃之介は直視できずに顔を逸らす。

「気持ちよかったのだな」

楽しそうに笑った紅が、秘所を貫く指で快感の源を刺激してきた。

「ひっ……」

悲鳴に近い声をあげ、紅にしがみつく。

あまりにも吐精が強烈すぎて、指で貫かれていることを忘れていた。

「あ……ふっ……んん……」

徒《いたずら》に快感の源を刺激され、晃之介は激しく身を捩る。

余韻に浸る暇もないどころか、達して間もない己がまたしても疼き出す。

「いい顔をしている」

そんなことを言いながら露わな胸に顔を埋めた紅が、小さな突起の先っぽをペロリと舐めてくる。

「っ……あ」

乳首から走り抜けたもどかしい快感に身体が震え、晃之介は思わず敷物に爪を立てた。

「ここが好きなのだろう?」

「やっ……」

彼の吐息が小さな突起をかすめただけで、身震いしてしまう。

「こちらも好きなんだよな?」

乳首に歯を立てながら、秘所を貫く指で快感の源を刺激してくる。

「んんっ……」

双方で弾ける快感に、あられもない声をあげて身悶えた。

「紅さまっ……」

乳首は甘く痺れ、とうに力を取り戻した己は熱く脈打っている。

「や……ぁ」

貫く指を抜き差しされ、秘所がわななく。

柔襞を擦られるもどかしい感覚。

敷物を掴む指先までが痺れてくる。

紅は乳首と秘所を責め立てるばかりで、己には少しも触れてこない。

ほったらかしにされた己は、甘い蜜を滴らせながら不満げに揺れ動いていた。

「紅さま……」

己に触れてほしい一心で、晃之介は自ら股間を彼に押しつけて腰を揺らめかせる。

こんなにも淫らな自分が信じられない。

完全に快楽の虜になってしまったようだ。

「おねだりか？」

胸から顔を起こした紅が、愛しげに晃之介を見つめてくる。

強さと優しさを兼ね備えた魅惑的な瞳。

虜になったのは快楽ではなく、紅なのだ。

紅とひとつになりたい。

湧き上がってきた強い思いに、晃之介は両の手で彼に抱きつく。

「紅さま……早く……」

せがむように彼の広い背をかき抱く。

「晃之介……」

嬉しそうに目を細めた紅に、そっと抱きかかえられて起こされる。

「紅さま？」

「俺を跨いでみろ」

きょとんとしている晃之介の前で、彼が胡座《あぐら》をかいた。

彼の股間に目が釘付けになる。

紅自身をこれほど間近で見たのは初めてだ。

驚くほど力を漲《みなぎ》らせているそれは、悠然とそそり立っている。

「紅さま……」

彼とひとつになることに恐れをなしたけれど、それはほんの一瞬にすぎない。

身体を繋げて得られる悦びは、なにものにも代えがたい。

それを体感した晃之介は、迷うことなく彼の腰を跨いで膝立ちになる。

「俺の晃之介……」

軽くキスした紅が、晃之介の尻を両手で広げてきた。

「そのまま腰を落とすんだ」

彼の首に両手を絡め、促されるまま腰を落としていく。

間もなくして、怒張の先端が秘所に触れる。

「さあ、ゆっくりでいい」

瞬間的に身を強ばらせた晃之介にあやすように言いつつ、彼が尻を掴んでいる両手に力を加えてきた。

晃之介は紅にしがみついたまま、秘所にあてがわれた怒張にゆるゆると自分の体重をかけていく。

彼の指によってすでに柔らかく解されている秘所は、逞《たくま》しい灼熱の楔をすんなりと飲み込んでいった。

いつも以上の圧迫感があるが、さしたる痛みはない。

仮に激痛が走ったとしても、紅とひとつになって得られる悦びを知ったいまは、泣き叫ぶこともないだろう。

「はぁ……」

紅の脚に尻があたり、晃之介は安堵のため息をもらした。

内側から伝わる熱と脈動が、身体のすみずみに広がっていく。

深く深く繋がり合っていることを実感する。

なんという満ち足りた感覚なのだろう。

「紅さま……」

晃之介は自ら紅の唇を塞ぐ。

ひとつになって強く抱き合い、そして、唇を重ねる。

悦びが倍増していく。

「んふっ」

溢れる唾液を気にもとめず唇を貪る中、紅がゆっくりと腰を使い始めた。

真下から最奥をグンと突き上げられ、強烈な快感に襲われる。

繰り返し突き上げられ、キスどころではなくなってきた。

「晃之介、おまえの中はなんて気持ちがいいんだ」

吐息混じりの声を耳に吹き込んだ彼が、耳たぶを甘噛みしてくる。

穿《うが》たれた彼自身、こぼれる吐息、触れ合わす肌が熱くてたまらない。

自分だけでなく、紅もまた、いつにない興奮状態にあるようだ。

「ああ……紅さま……」

全身を満たしていく快感に、己が痛いほどに疼く。

無意識に己へと手を伸ばした晃之介は、手早く扱き始める。

「ああ……ぁ」

突き上げられる最奥、扱く己の双方から快感が荒波のように押し寄せてきた。

下腹奥を満たしているのは、紛れもない射精感。

「あぅ！」

もう少しで達しそうというところで、紅が繋がり合ったまま急に動いた。

仰向けにされ、両の足を担がれ、さらには腰をグイッと引き寄せられる。

紅は胡座をかいたままだから、晃之介の尻は頭より高い位置になった。

「ひっ……」

忙しなく腰を使われ、快感の源をもろに刺激される。

強烈な快感に、目の前を閃光が走り抜けていく。

「やっ……ああっ……ぁ……もっ……」

立て続けに襲ってくる快感に、激しく身を捩って身悶える。

「いい顔をしているぞ」

「なっ……」

余裕たっぷりの彼に真っ直ぐ見下ろされ、羞恥を煽られた晃之介は顔を背けた。

「もっといい顔を見せてくれ」

「あん」

先ほどまで自ら扱いていた己を、紅がしっかりと握ってくる。

蜜に濡れた鈴口を親指の腹で擦られ、痛いほどの痺れに下腹を波打たせた。

輪にした指で根元からくびれまでを、何度も絞り上げられる。

限界間近の己が悲鳴をあげた。

「紅さま……もっ……だめ……」

「わかった、ならば俺も……」

紅もかなり切羽詰まっていたのか、腰の動きを急激に速める。

同時に握られた己を手早く扱かれ、晃之介は二度目の頂点へと導かれていく。

「あっ……出……るっ」

押し寄せてきた抗い難い快感の大波に身を任せ、力一杯、息んだ。

「んっ！」

「晃之介……」

同じく極まった紅が、晃之介の身体が反り返るほどに腰を突き上げてきた。

「つく……」

吐精の最中、熱い迸りを内側に感じる。

力などさして残っていなかったけれど、ともに達した嬉しさから彼の腕を掴んでどうにか身体を起こし、両の手で抱きついた。

「紅さ……ま……」

すぐに逞しい腕が背に回される。

息を乱したまま抱き合い、吐精した解放感に浸った。

「はぁ」

ひとつ大きく息を吐き出した彼が、晃之介の肩にトンと額を預けてくる。

疲労困憊《こんぱい》している彼が愛しくてたまらず、あらん限りの力を振り絞って抱きしめる。

「疲れたか？」

抱き合ったまま敷物に横たわった彼が、汗に濡れて額に張り付く晃之介の前髪をそっと掻き上げてきた。

優しい眼差しを見つめながら、小さく首を横に振る。

疲れは感じているけれど、それは心地よい疲れだ。

「それはなにより」

紅が嬉しそうに頬を緩めたとたん、穿たれた彼自身がグッと張り詰めた。

疲労困憊していると思ったのに、彼は充分すぎるほどの力が残っていたようだ。

「紅さま、まだしたいんですか？」

「疲れていないんだろう？」

紅が焦れたように腰を揺らす。

こうして何度も求められるのは愛されているからであり、嬉しく思いこそすれ呆れたりはしない。

「でも、ちょっとだけこうしていませんか？」

晃之介は改めて紅を抱きしめ、胸に顔を埋める。

ただ抱き合って鼓動を感じていたい。

肌から伝わる温もりに浸っていたい。

「そうだな」

そっと繋がりを解いた紅が、晃之介の頭を抱き込んで唇を押し当ててくる。

髪にくちづける唇から、じんわりと優しさが染み渡ってきた。

「おまえは本当に抱き心地がいいな」

今度は頬をすり寄せてくる。

「晃之介、おまえを愛している。俺にはおまえだけだ」

「紅さま……僕も……」

晃之介は紅の頬を両手で挟み、形のいい唇を塞ぐ。

「んんっ……」

搦め捕られた舌をきつく吸われ、全身が甘く痺れていく。

愛がとめどなく溢れてくるのを感じながら、晃之介はいつまでも紅の唇を貪っていた。

第九章

「すみませーん、八咫鴉さまの御朱印はありますか？」

社務所にやってきた若い女性が、心配そうに訊ねてきた。

「はい、ございますよ」

晃之介はにこやかに答え、書き置きの御朱印を差し出す。

「よかったぁ……」

安堵の笑みを浮かべた女性が、御朱印をしみじみと見つめた。

一ヶ月ほど前から、八咫鴉の絵を添えた御朱印を授けているのだが、少しばかり凝った絵柄になってしまったため、枚数と授与日を週末に限定して書き置いている。

当初は五枚限定だったが、思いのほか求める参拝者が多く、先週末から枚数を倍に増やしていた。

それでもその日のうちになくなってしまい、頑張ってもう少し枚数を増やそうかと考えているところだった。

「千円のお納めになります」

「ありがとうございました」

持参した御朱印帳に書き置き御朱印を丁寧に挟んだ女性が、初穂料を納めて立ち去る。

「我ながらよく描けてるもんなぁ……」

残り一枚となった八咫鴉の御朱印を眺め、晃之介は自画自賛して笑う。

「なに、ニマニマしてるんだよ？」

不機嫌そうな声が聞こえると同時に、手にしていた御朱印を取り上げられ、何事かと膝立ちになって外に目を向けた。

「光輝さま……」

爽やかな出で立ちの光輝が、取り上げた御朱印を睨《ね》めつけている。

「なんだよこれ？　御朱印には俺を描いてたんじゃないのか？」

「お稲荷様の御朱印はいまでもちゃんとありますよ」

むすっとしている光輝に、狐の絵が添えられた御朱印の見本を見せた。

「こっちのほうが断然、いいだろうが」

「いまだって光輝さまの御朱印は人気がありますから、そんなに心配しなくても……」

「心配などしていない。この神社は俺のためにあるのに、紅の御朱印があるのが気に入らないんだよ」

光輝が八咫鴉の御朱印を、晃之介に向けて放ってくる。

ひらひらと舞い落ちる御朱印に、慌てて手を伸ばして受け取った。

(また焼き餅でもやいてるのかな?)

大人げない光輝を、胸の内で笑う。

「まあ、そう言わずに仲良くしましょうよ」

「誰が仲良くなど……」

「そうそう、新しい光輝さまの絵も描いているんですよ」

机に置いてあるスケッチブックを取り上げ、新たに描いた狐の絵を見せた。

「どうですか? 可愛いでしょう?」

「おまえ、なかなか才能あるな」

「ありがとうございます」

機嫌が直ったようでほっとした晃之介は、笑顔で光輝を見つめる。

彼がひとりで寂しい思いをしているのは間違いない。

彼にも伴侶を探してあげたいところだが、さすがに神様だから簡単ではない。

伴侶探しは無理でも、退屈しのぎの相手にならなれそうだ。

参拝者もいないようだから、社務所にいることもない。

晃之介は開け放していたガラス戸を閉め、社務所を出て行く。

「おにーたまー」

外に出た途端、どこからともなく暁月の声が聞こえ、あたりを見回す。

「おにーたまー」

ご神木の向こうからひょっこり顔を出した暁月が、一目散に駆けてきた。

どこにも紅の姿がない。

暁月ひとりでご神木から降りてきたのだろうか。

「あー、きつねさんのしっぽー」

光輝の影に気づいた暁月が、両足で踏んづけた。

「ぐえっ」

光輝が顔をしかめて大きく仰け反る。

影であっても、彼の尻尾は急所なのだろうか。

「しっぽ、しっぽー」

暁月が影の上でピョンピョンと跳びはねる。

「やめろ、子鴉！　そこをどけ」

尻尾を踏まれている光輝は、まったく身動きが取れないようだ。

また彼が悪さをしたときは、尻尾を狙えばいいのかと晃之介はほくそ笑む。

「おい、その子鴉をなんとかしてくれ」

救いを求めてきた光輝は、かなり辛そうな顔をしている。

さすがに可哀想に思え、無邪気に跳びはねている暁月に駆け寄って抱き上げた。

「狐さんの尻尾は踏んだらダメなんだよ」

「どうしてー？」

「痛いんだって」

「そーなのー？」

おとなしく抱かれている暁月が、光輝を振り返る。

「うん。だから、踏まないであげてね」

「わかったー」

満面の笑みでうなずいた暁月を、そっと地面に下ろす。

「きつねさん、ごめんなさーい」

暁月が光輝に向けてぺこりと頭を下げる。

彼は光輝とそう何度も会っていないと思うが、稲荷神として認識しているのだろうか。

神の子として育てられているから、察知する能力くらいはありそうだ。

「なんだよ、可愛いじゃないか」

幼い子に頭を下げられて機嫌が直ったのか、目尻を下げた光輝が暁月に歩み寄る。

「大きくなったな」

光輝に抱き上げられても、暁月は嫌がる素振りも見せない。

（いい子だなぁ……）

暁月をかまう光輝を微笑ましい思いで見ていたら、にわかにあたりが暗くなって妙な風が吹き抜けていく。

「暁月をどうするつもりだ！」

突如、紅が目の前に現れた。

光輝が暁月を奪おうとしているとでも思ったのか、紅はかなり険しい顔つきをしている。

「おとーたまー、きつねさんのしっぽはふんだらだめなんだよー、ねー」

暁月は光輝と顔を見合わせ、さも楽しそうに笑う。

紅が解せない面持ちで晃之介を振り返ってきた。

「二人は仲良しになったんですよ」

「仲良し？」

紅が訝しげに光輝を見る。

「おとーたま、きつねさんとあそんでもいいー？」

「あっ……ああ」

困惑気味にうなずいた紅を見た晃之介は、込み上げてきた笑いを必死に堪えた。

こんな顔の紅は見たことがない。

暁月が光輝に懐くなどあり得ないと思っていただろうから、混乱しているのかもしれない。

「きつねさん、あそぼー」

「なにをして遊ぶんだ？」

「おにごっこー」

「よーし、じゃあ俺が鬼だ」

「きゃー」

暁月が甲高い声をあげて境内を逃げ回る。

その後ろを、光輝が加減しながら追いかけていく。

「いい遊び相手ができましたね」

呆然と暁月たちを見ていた紅が、なんとも言いがたい顔で晃之介を振り返ってきた。

「どんな心境の変化なんだ？」

「暁月君に懐かれたら、誰でもメロメロになるんですよ」

「まあ、可愛くていい子だからな」

親馬鹿ぶりを発揮した紅を、晃之介はにこやかに見つめる。

暁月は誰をも笑顔にする、まさに神の子だ。

きっと、これからも〈那波稲荷神社〉は安泰だろう。

「あんな光輝の顔を見るのは初めてだ」

「楽しそうですすよね」

並んで暁月たちを眺める紅が、さりげなく手を握ってきた。

なにも言わなくても、指先から愛が伝わってくる。

穏やかな空気に包まれた境内で紅と手を握り合って佇む晃之介は、鬼ごっこに精を出す暁月と光輝を眺めながら幸せを噛みしめていた。

神さまは仲良きかな

仕事を終えて着替えをすませた晃之介《こうのすけ》は、本殿前の階段に腰掛けて夜空を眺めている。

いつもは社務所を閉める時刻になると現れる紅《くれない》が、今日にかぎってまだ姿を見せていない。

時間を決めて約束をしているわけでもなく、暁月《あかつき》がぐずっているか、早めに寝かしつけているかのどちらかだろうと、とくに心配はしていなかった。

「満月かぁ……」

煌めく星の数はわずかだが、まん丸の大きな月が輝いている。

のんびりと夜空を眺めるなんて久しぶりのこと。

神社は昼夜を問わず自由に出入りができるが、夜の六時近くともなると滅多に参拝者も訪れない。

静まり返った境内でひとり紅を待つのも、たまにはいいものだと思っていたら、目の前に黒い影がぬっと現れた。

「待たせてすまなかった」

暁月と手を繋いだ紅が、申し訳なさそうに笑う。

「おにーたまー」

無邪気な暁月が階段を駆け上がってくる。

そのままの勢いで抱きついてきた彼を、晃之介は両手でしっかりと受け止めた。

「こんばんは」

「なにしてるのー」

「ん？　お月様を見てたんだよ」

空を見上げた晃之介を見て、暁月がすぐに真似をする。

「おつきさま、きれー」

「綺麗だよね」

暁月と顔を見合わせて笑う。

彼は日に日に大きくなり、言葉を覚えていく。

まるで我が子の成長を目の当たりにしているかのようで、彼を見ているのが楽しい。

「三人で月見でもするか」

紅も一緒に座って月を眺めるのかと思ったら、こちらに来いと手招きされた。

なんだろうと思いつつも、暁月を抱っこして階段を降りていく。

「さあ、行くぞ」

暁月ごと抱きしめてきた紅が声をあげると同時に、ふわりと身体が浮き上がり、晃之介はにわかに慌てた。

「な……なに？」

すでに地面が遙か下に見える。

本殿の屋根より高いところで浮いているのだ。

「まさか……」

ふと紅に目を向けると、大きな黒い翼が見えた。

彼は翼を広げて空を飛んでいる。

いつも瞬間移動ばかりだから、こんなこともできるのだと妙に感心した。

「ひゃっはー」

はしゃぎ声をあげた暁月が、晃之介の腕からするっと抜け落ちる。

「暁月君！」

落ちていく暁月を見て驚愕した。

このままでは、地面に叩きつけられてしまう。

「大丈夫だ」

「大丈夫なわけが……」

平然としている紅が信じられない。

「早く助けに行かないと……」

紅をせっついたそのとき、一羽の鴉がひゅーっと舞い上がってきた。

一生懸命に羽ばたきながら、本殿の上を旋回し始める。

「えっ？　うそ……あれって暁月君？」

「そうだ。上手く飛べるようになっただろう？」

自慢げに言った紅が、晃之介を抱き寄せたまま本殿の瓦屋根に降りた。

「さあ、ここに座って」

彼に促されるまま、瓦屋根のてっぺんに腰を下ろす。

「暁月」

紅のひと声に、上空を旋回している鴉が急降下してくる。

上手く屋根に着地できるのだろうか。

滑り落ちなければいいけれど。

不安の面持ちで見つめていたら、なんと暁月は座っている紅を目がけて、頭から突っ込んできた。

「ふひゃひゃ」

紅にぶつかった瞬間、人間の姿に戻った暁月が楽しげに笑う。

「着地は失敗のようだな」

暁月を膝に載せた紅が、小さな頭を優しく撫でる。

いつか紅と一緒に暁月も、大空を飛び回るようになるのだろうか。

ご神木のてっぺんから落ちてきたのが、いまとなっては遠い昔のことのように思える。

本当に子供の成長は早いのだと実感した。

「おつきさま、おっきーねー」

地上から眺めるより、満月がもっと近く見える。

神社の周りには遮るような高い建物があまりないから、満月を三人で独占しているような気分になった。

「こんなに月が綺麗だなんて知らなかった……」

「たまには外で過ごすのもいいものだな」

「ええ」

晃之介は満面の笑みで紅を見つめる。

人間の姿をしている彼と一緒に、神社の外へ出ることはできない。

境内は参拝者や両親の目があるから、どうしても彼らとある程度の距離を取ってしまう。

でも、神社には誰の目も気にせず過ごせる場所があったのだ。

「ホントに綺麗……」

「おい、本殿の屋根に上がるとは、図々しいにもほどがあるぞ」

楽しく月を眺めていたら、なんの前触れもなく光輝《こうき》が現れた。

本殿の主としては、屋根に上がられるのは確かに気分のいいものではないだろう。

「なんだ、また寂しくなって出てきたのか？」

さっそく紅が憎まれ口を叩く。

「上が騒がしいから出てきただけだ」

負けじと言い返した光輝が、にこにこしている暁月に両手を差し伸べる。

「きつねさーん、だっこー」

暁月は躊躇うことなく、紅の膝の上で立ち上がった。

もうすっかり光輝に懐いている。

「こんなところで、なにをしているんだ？」

「おつきさま、みてるのー」

「月？」

暁月を抱っこしたまま屋根瓦に腰を下ろした光輝が、輝く大きな月を見上げた。

「おつきさま、きれーねー」

「ああ、きれいだな」

暁月をかまっている光輝は楽しそうだ。

光輝は何百年ものあいだひとりで神社を守ってきた。

それが役目とはいえ、寂しい思いをしてきたはずだ。

一緒に過ごせる時間は少ないけれど、仲良くやっていければいいなと思う。

「あの……」

「なんだ？」

「お互いの神殿に行ったり来たりとかできないんですか？」

素朴な疑問が浮かんだ晃之介は、小首を傾げて紅を見つめる。

足下が不安定な屋根の上で暁月と遊ぶのは難しいけれど、神殿であれば広くていいのではないだろうかと思ったのだ。

「結界が張ってあるからな」

「じゃあ、結界を解けばいいんですね？」

「晃之介、なにを考えているんだ？」

紅が解せない顔で見返してきた。

「暁月君、光輝さまに懐いているようだし、みんなで神殿に行ってお酒でも飲みませんか？」

「光輝を俺の神殿に？」

「神さま同士、親交を深めるのもいいものだと思いますよ」

「まあ、晃之介がそう言うのであれば……」

紅はしかたなさそうな言い方をしたが、その表情はまんざらでもなさそうだ。

彼らが何百年も敵対してきたとは思えないから、かつては仲がよかった可能性もある。

「光輝、俺の神殿で酒でも飲まないか？」

「あん？」

あまりにも唐突な誘いに、暁月をあやしていた光輝が妙な声をあげて振り返ってきた。

「いつまでも屋根の上にいるわけにいかないだろ」

「おまえがそう言うなら」

「暁月はおまえに任せた」

素直に誘いを受けた光輝に声をかけた紅が、座っている晃之介の腰に手を回してくる。

「あっ……」

声をあげた次の瞬間には、神殿の中にいた。

「相変わらず殺風景だな」

暁月を抱っこして立っている光輝が、簡素な部屋を見回す。

彼が紅の神殿に入ったのは、これが初めてではないようだ。

やはり、彼らは仲がよかった時期がある。

どんな理由で仲違いをしたのだろう。

紅と光輝の関係が気になる。

(いつか訊いてみよう……)

彼らに興味を募らせながらも、いまは訊ねるときではないと考え直した。

「よけいなお世話だ」

ぶっきらぼうに言い返した紅が床に膝を立てて座り、晃之介は隣りに腰を下ろす。

「座ったらどうだ？」

「ああ」

紅に促された光輝が、暁月を抱っこしたまま胡座をかく。

間もなくして女官が酒器を運んでくる。

「光輝さまもお酒しか口にしないんですか？」

自らの手で杯に酒を満たしていた光輝が、興味津々といった顔をしている晃之介に目を向けてきた。

「そうだが？」

「油揚げとかいなり寿司は？」

「食べるわけがないだろう」

「えー、そうなんですか？」

好物だと信じ切っていた晃之介は、がっくりと肩を落とす。

「狐が油揚げを好むというのはただの言い伝えだ」

「そっかぁ……」

いつもお供えをして手を合わせてきたから、好物ではないと断言されてしまうと寂しい。

とはいえ、これから酒だけをお供えするわけにもいかないから、ここだけの話ということにするしかないだろう。

「きつねさん、かんぱーい」

小さな手で杯を持った暁月が、光輝と乾杯をする。

「乾杯」

目を細めて乾杯した光輝が、杯を一気に呷《あお》った。

「おにーたまともかんぱいするー」

杯を手にした暁月が、トコトコと晃之介に歩み寄ってくる。

「はい、乾杯」

「おとーたまもー」

暁月は続けて紅と乾杯をした。

「乾杯」

順繰りに乾杯をした暁月が、光輝の膝に戻る。

光輝に懐いていることを、紅はどう思っているのだろう。

晃之介はさりげなく紅を見やる。

とくに不満そうな顔はしていない。

それどころか、酒を飲む光輝にちょっかいを出す暁月を、紅は笑って見ている。

暁月の遊び相手ができたことを、紅は喜んでいるのかもしれない。

「今度、光輝さまの神殿にみんなでお邪魔してもいいですか？」

「ああ、いつでも歓迎するぞ」

「ありがとうございます」

にこやかに礼を言って酒を飲み干す。

紅と二人きりで過ごす楽しいひとときは、かけがえのない時間だ。

けれど、暁月が一緒ならもっと楽しい。

そこに光輝が加われば、計り知れないほど楽しみは大きくなるだろう。

これといって言葉を交わすでもなく、紅と光輝はただ酒を飲むばかり。

そんな二人も表情は穏やかで、部屋は殺風景だけど幸せに満ちている。

ひょんなことから神さまに恋してしまった晃之介は、普段とはまったく異なる世界で幸福感に浸っていた。

あとがき

みなさまこんにちは、伊郷《いごう》ルウです。

このたびは『八咫鴉さまと幸せ子育て暮らし』をお手にとってくださり、誠にありがとうございました。

本作は神社を舞台とした、八咫鴉の神さまと権禰宜の恋物語です。

ちっこい鴉の子供も登場するので、ほんわかとしたほのぼのラブストーリーになっていると思います。

抜群に格好いい八咫鴉さまと、やんちゃな子鴉、そして、元気な権禰宜の楽しい物語をお楽しみいただければ幸いです。

最後になりましたが、イラストを担当してくださいました、すがはら竜《りゅう》先生には、心より御礼申し上げます。

お忙しい中、可愛くて素敵なイラストの数々をありがとうございました。

二〇二〇年　初秋

伊郷ルウ

カクテルキス文庫

Cocktail Kiss Label

好評発売中！！

白狼 × 画家の卵。赤子が結ぶつがいラブ♥
イケメン狼とつがいになって夫婦生活!?

赤ちゃん狼が縁結び

伊郷ルウ：著
小路龍流：画

別荘地で挿絵の仕事をして暮らす千登星は、裏山で白い子犬を拾う。翌朝カッコイイ男性が飼い主だと訪ねてくるが突然倒れ、その身体には獣の耳とふさふさ尻尾が生えていた!?　心配した千登星は狼の生き残りというタイガとフウガの白狼親子と暮らすことに。衰弱した力を戻すには精子が必要っ!?　恥ずかしいけど自慰でムダにするより役立つなら、と承諾するも、童貞の千登星は扱かれる快感に悶え、その色香に酔ったタイガは熱塊を秘孔に挿入♥　まるで新婚蜜月生活が始まってしまい!?

定価：本体 685 円＋税

そなたが愛しくてたまらない

天狐は花嫁を愛でる

伊郷ルウ：著
明神　翼：画

イラストレーターで独り暮らしの裕夢の前に突然現れたのは、端整な顔立ちの、更に三角の獣の耳とふさふさの長い尻尾のある狐の神様・陽月だった!!　裕夢の二十歳の誕生日に姿を現した陽月は、裕夢が五歳のころに出会い、結婚を約束したといい、裕夢を花嫁として連れて行くと言いだした。裕夢が抵抗すると、家に居座られ波乱の同棲生活が始まって!?　夜、添い寝され、腕に抱かれ尻尾で頬を撫でられると、甘い痺れが隅々まで広がり抵抗できなくて……。ふわきゅんラブ書き下ろし♥

定価：本体 639 円＋税

Cocktail Kiss Label

カクテルキス文庫をお買い上げいただきありがとうございます。
先生方へのファンレター、ご感想は
カクテルキス文庫編集部へお送りください。

〒102-0073　東京都千代田区九段北1-5-9-3F
株式会社Jパブリッシング　カクテルキス文庫編集部
「伊郷ルウ先生」係　／　「すがはら竜先生」係

◆カクテルキス文庫HP◆ http://www.j-publishing.co.jp/cocktailkiss/

八咫鴉さまと幸せ子育て暮らし

2020年9月30日　初版発行

著　者　伊郷ルウ
©Ruh Igoh

発行人　神永泰宏

発行所　株式会社Jパブリッシング
〒102-0073　東京都千代田区九段北1-5-9-3F
TEL　03-4332-5141
FAX　03-4332-5318

印刷所　中央精版印刷株式会社

ISBN978-4-86669-333-0　Printed in JAPAN